桐庐百诗

迦陵

2023年
五月敬
于天津

国家社会科学基金重大委托项目：

“中华诗教”与优秀传统文化的传承（项目号：18@ZH026）

天津市哲学社会科学规划重大委托项目：

中华诗教当代传承的理论与实践研究（项目号：TJWHSX2301）

桐庐

Hundred Poems
in
Tonglu

百诗

南北朝 ＼ 唐朝 ＼ 宋朝

南开大学中华诗教与古典文化研究所　编著

浙江大学出版社·杭州
ZHEJIANG UNIVERSITY PRESS

图书在版编目(CIP)数据

桐庐百诗/南开大学中华诗教与古典文化研究所编著. -- 杭州：浙江大学出版社，2023.12
ISBN 978-7-308-23974-5

Ⅰ.①桐… Ⅱ.①南… Ⅲ.①古典诗歌—诗集—中国 Ⅳ.①I222

中国国家版本馆CIP数据核字（2023）第119892号

桐庐百诗

南开大学中华诗教与古典文化研究所　编著

责任编辑	葛玉丹
责任校对	张培洁
封面设计	程　晨
出版发行	浙江大学出版社
	（杭州天目山路148号　　邮政编码：310007）
	（网址：http://www.zjupress.com）
排　　版	浙江大千时代文化传媒有限公司
印　　刷	杭州宏雅印刷有限公司
开　　本	710mm×1000mm　1/16
印　　张	22.5
字　　数	300千
版 印 次	2023年12月第1版　2023年12月第1次印刷
书　　号	ISBN 978-7-308-23974-5
定　　价	118.00元

人地关系，不仅是地理学研究的问题，其在文学，亦有江山之助、钟灵毓秀等优美的表述。抛开简单的地理决定论，特定的地理环境对于生活其中的人不可能没有影响，所谓"物色之动，心亦摇焉"，"情以物迁，辞以情发"，不惟理所当然，责之于史，亦可谓信而有征。

桐庐之地，在乎三江（钱塘江、富春江、新安江）两湖（西湖、千岛湖）之间，素有"奇山异水，天下独绝"之誉。读范仲淹《潇洒桐庐郡十绝》，毋宁"有声之画"；观黄子久《富春山居图》，不亦"无声之诗"？这画与诗，又非出于幻想臆构，而皆为造化之无尽恩赐也。虽则如此，唯其摇荡性情，形诸舞咏，或施诸丹青，济以心源，遂令此山此水得晓生民之耳目，成为属人的自然。山谷谓天下清景不择贤愚而与之，然端为吾辈而设。若无画笔诗言为之传写，则此天下独绝之奇山异水，又该何等的寂寞与惆怅！

桐庐之史，起于夐古，夏商属扬州，春秋历属吴、越、楚，秦归富春，三国设县，自是绵延以至于今。多元的文化脉系，悠久的传衍历程，造就了桐庐丰富的文化内涵。从桐君采药的茫渺传说，到范蠡泛舟的斑驳遗迹，从严子陵不事王侯的隐逸风标，到谢灵运寄情山水的文学创辟，在在书写着无尽的历史华章。地灵人杰，交濡互动；古调新声，洋洋不绝。骚人墨客，羁旅行人，于是望云山之参差，听沧江之急流，乐四时之嘉景，悲逝者之如斯；或望峰而息心，或临渊而澡怀，或乘风而击棹，或排云而奋翮。自古及今，多少志士仁人在此山水间寻求生命之慰藉，参悟天人之玄理，以至含英咀华，喷珠唾玉，留下无虑万数的动人诗篇。谓之江山之助，当无过也。

诗意地栖居，乃古今中外共同之理想，而于素称诗国的中华大地，更有靡然向风、历久不衰之传统。人固可无诗才，然不可无诗心，纵使无诗心，亦不可无诗情。诗之于人，自古即有正得失、厚人伦、美教化、移风俗之意义。南开大学国家语言文字推广基地，多年来努力推动"诗教润乡土"项目，探索以中华诗教助力乡村振兴与共同富裕。桐庐作为传统悠久、底蕴深厚的文化名区和山水文学的滥觞之地，成为该项目的首批示范单位，可谓实至名归。而呈献于读者眼前的这本小书，正是团队老师精心选取与桐庐相关的佳作百首，略加解说，冀能展示桐庐的自然之美与文化风致于万一。若能得到读者朋友的批评与指教，将是我们莫大的荣幸！

目 录|

南北朝

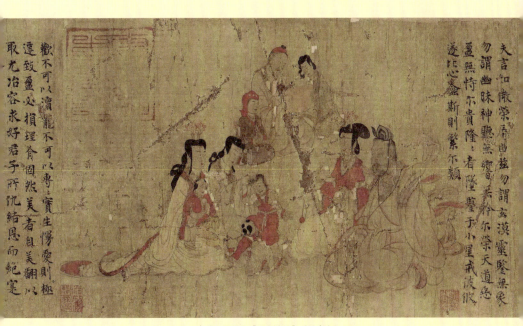

夫言如微榮居幽藎勿謂玄漠靈鑒無象
勿謂幽昧神聽無響美行尔榮天道惡
盈無恃尔貴隆々者隆鑒于小星武侵收
遂此心盍斯則繁尔顈

歡不可以瀆寵不可以專々實生慲愛則極
遷致盈必損理有固然美者且美翻以
取尤冶容求好君子所沉結恩而絶寔

东晋　顾恺之《女史箴图》（局部）

初往新安至桐庐口

谢灵运

绵绤虽凄其，授衣尚未至。
感节良已深，怀古亦云思。
不有千里棹，孰申百代意。
远协尚子心，遥得许生计。
既及泠风善，又即秋水驶。
江山共开旷，云日相照媚。
景夕群物清，对玩咸可喜。

▌诗作者

　　谢灵运（385—433），名公义，字灵运，小名客儿，陈郡阳夏（今河南太康）人，生于会稽郡（今浙江绍兴）。谢灵运出身名门，祖父是名将谢玄，父为秘书郎谢瑍，母为王羲之外孙女。谢灵运少聪颖，博览经史，工诗善文。晋安帝元兴二年（403），十九岁的谢灵运继承了祖父爵位，被封为康乐公，享受优厚的待遇。但到了永初元年（420），刘裕取代东晋建立了宋，谢灵运的政治地位迅速下降，爵位由康乐公降为康乐县侯。谢灵运性格偏激，政治上的挫败，让他更为不羁，放浪山水，甚至触犯法令。他又因不得重用而愤愤不平，最终在政治斗争中以"叛逆谋反"罪被杀。谢灵运是第一位大力创作山水诗的诗人，开创了中国山水文学的新境界。

▍诗赏析

南朝刘宋永初三年（422），宋少帝继位，谢灵运被排挤出朝廷，外放任永嘉太守。他怀着抑郁的心情离开都城建康（今江苏南京），前往永嘉，途经桐庐，创作了《富春渚》《夜发石关亭》《七里濑》《初往新安至桐庐口》等多首山水诗作。在一定意义上，我们可以说桐庐是中国山水诗的一个发祥地。

这首诗叙写了诗人自新安江至桐庐途中的感想，描绘了秋天美妙的山水之景，也让人真切地感受到桐庐山水带给谢灵运的情感慰藉。开篇四句写节令变化，并引向怀古之思。这四句诗用了《诗经·邶风·绿衣》中"绤兮绤兮，凄其以风。我思古人，实获我心"数句诗意。绤绤，指夏天所穿的葛布衣服；凄其，为寒凉之意；授衣，指制备寒衣。《诗经·豳风·七月》："七月流火，九月授衣。"《初学记》卷三引南朝梁元帝萧绎《纂要》云："九月季秋亦曰暮秋……亦曰授衣。"首二句写诗人穿着葛衣已经感到寒意，但更换寒衣的时间还未到。另外，"授衣"还有朝廷分发冬衣之意。外放永嘉还能按时获得朝廷所赐冬衣吗？也许诗人心里会涌起这样的想法。节令的变化给诗人带来了深深的感触，此时此刻，不禁让他生发了怀古幽思。受排挤而外任，倒是为诗人提供了思考人生的契机。没有这千里羁旅的遭遇，又怎能更深刻地明白古人的心意呢？"尚子"指汉代逸民向（尚）长。向长不仕，不慕富贵，甘于贫贱。家贫无食，接受别人馈赠，也不贪多。王莽当权时想征召他做官，坚辞不就，隐居读书。后与友人游览名山，不知所终。"许生"指东晋高士许询。许询，出身世家，自幼颖异，人称神童，长善属文，为人钦慕。在讲究门阀的时代，许询若想做官，可谓轻而易举。但是许询极其不愿为官，好游山水，与谢安、王羲之等吟咏宴游。面对征辟，屡次推辞，为摆脱做官，最终选择隐居萧山，舍家宅为僧寺，以示去意坚决。谢灵运"怀古"思及此二人，不是盲目的，此二人在谢灵运仕途受挫时出现，表明他欲以此二人为榜样，

逃离政治，归于山水。谢灵运在政治失势之后，对隐遁与富贵贫贱有
了更深的感知。在尚子、许生的感召下，诗人抑郁的心情逐渐舒缓，
眼前的桐庐山水也变得分外美丽。既然赶上了大好秋风，那就乘着一
江秋水，张帆远行。此时诗人心境一转，为下文美景的出现做好了铺垫。
再美的山水，也须待诗人有赏景之心；而山水亦会使诗人更加心境愉
悦。诗篇末四句写放下思想包袱后的谢灵运尽情赏览桐庐美景。江山
开旷，山光水色相连；云日偎迎，秋日无限美好。景夕，指黄昏到来，
此写日暮之后身边万物一派清和安宁。诗人独自对景赏玩，喜悦之心
油然而生。通观全诗，以"凄"起，以"喜"收，情绪大变，古人事
迹的参悟，桐庐山水的澄净，让诗人摆脱了这远行中的烦苦，获得了
前行的力量。

（杨传庆）

东晋　顾恺之《洛神赋图》（局部）

严陵濑

任 昉

群峰此峻极，参差百重嶂。
清浅既涟漪，激石复奔壮。
神物徒有造，终然莫能状。

▌诗作者

任昉（460—508），字彦昇，乐安郡博昌（今山东寿光）人。历南朝宋、齐、梁三朝，幼时勤奋好学，十六岁时即被丹阳尹刘秉聘为主簿，入齐后曾任竟陵王萧子良的记室参军，为"竟陵八友"之一。任昉以擅长奏、表、书、记这些无韵的公文著名，当时人将无韵公文称为"笔"，他们把任昉的文章与大诗人沈约的诗歌合称为"沈诗任笔"。梁武帝萧衍即位后，任命任昉为黄门侍郎，后先后任吏部郎中、御史中丞等职。天监六年（507）春，出任宁朔将军、新安太守。任昉到任时，恰逢洪水泛滥，他用自己的俸禄帮助百姓度荒；洪水之后，他决定在桐庐分水镇修建长林堰，解决水患与灌溉问题。不幸的是，堰尚未建成，任昉便辞世了。这首《严陵濑》即作于他任新安太守之时。

▌诗赏析

严陵濑在桐庐县南，相传是东汉著名隐士严光垂钓之处。据《后汉书·逸民列传》记载，严光名遵，字子陵，少有高名，曾与刘秀一同游学，为好友。刘秀做皇帝之后，严光却更变姓名，隐居不见。后来刘秀找到了他，欲授其大夫，严光不受，乃归耕于富春山，后人称其垂钓处为严陵濑。郦道元《水经注·卷四十》中说："自县（桐庐）至於潜，凡十有六濑，第二是严陵濑。濑带山，山下有一石室，汉光武帝时，严子陵之所居也。故山及濑，皆即人姓名之。"南宋陆游《老学庵笔记》中也说："严州有严光钓濑，名严陵濑。"古人诗作写严陵濑者，多称赞他不图富贵、高蹈隐逸的高风亮节，但任昉这首《严陵濑》却着眼于严陵濑之景，而不涉严子陵故事。

任昉写严陵濑先写岸边之山峰。"群峰"二句写山的形貌："峻极"，极写山势险峻；"参差"，指山岭高低不齐；"嶂"，指直立像屏障的山峰；"百重嶂"，写严陵濑周边群峰曼延之貌。此二句诗人仰望、周视，对严陵濑周遭山峰的描写，由近及远，空间阔大。南朝梁吴均《与朱元思书》中对桐庐之山的描绘可与此二句诗参看，他说："夹岸高山，皆生寒树，负势竞上，互相轩邈，争高直指，千百成峰。"

这首诗的中间二句写水。严陵濑的水首先是"清"，沈约也有一诗写道："洞澈随深浅，皎镜无冬春。千仞写乔树，百丈见游鳞。"描写严陵濑水之清绝。严陵濑的水流至浅处，极其清冽，并且泛起涟漪；而当它流至险急之处，则飞流激石，奔腾而下，极为雄壮。一个"奔"字动感十足，形象地写出了险处水流之迅疾。任昉所写严陵濑水之特征，也可和吴均所言"水皆缥碧，千丈见底。游鱼细石，直视无碍。急湍甚箭，猛浪若奔"互相对照。可以说，严陵濑的水既有宁静的秀美，又有奔腾的壮美。

诗人在描写严陵濑自然胜景之后，感慨万千。尽管他想尽力描摹，但是严陵濑山水乃是大自然的鬼斧神工，其美景依靠人工难以描绘，故而搁笔。诗人的词语留白倒是激起了读者亲临游赏之兴致。

（杨传庆）

东晋　顾恺之《洛神赋图》（局部）

唐朝

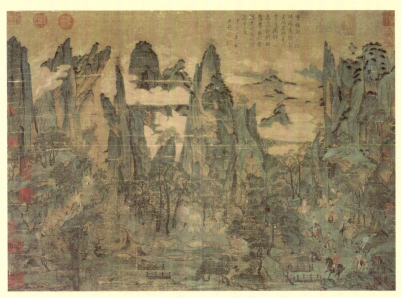

唐　李昭道（传）《明皇幸蜀图》

宿桐庐江寄广陵旧游

孟浩然

山暝听猿愁，沧江急夜流。
风鸣两岸叶，月照一孤舟。
建德非吾土，维扬忆旧游。
还将两行泪，遥寄海西头。

▌诗作者

　　孟浩然（689—740），字浩然。唐代著名诗人，诗歌多写田园山水与羁旅、隐逸，诗风清淡。孟浩然早年有用世之志，四十岁游长安，科举不第，后以隐士终身。这首诗是他在仕途困顿后漫游吴越，途经桐庐时所作。

▌诗赏析

桐庐江即桐溪，今桐庐西北分水江。漫游至此的孟浩然夜宿江上，羁旅之愁涌上心头。"山暝听猿愁"，日暮时分，昏暗到来，深山里的猿猴不住啼叫。"猿鸣三声泪沾裳"，猿啼之音，令人愁从心起。诗人触景而生愁情，实际上，愁苦早就埋在心底，只是身处这寂寥、凄黯之境，愁情无法抑制了。"沧江"句写江流。"沧"即"苍"，暮色降临，江水更显苍绿。诗人夜宿舟上，已然有不平稳的感受，加一"急"字，强调了江水的激荡之态，则此夜必然动荡难安。所以，江水之"急"也是诗人内心不安的体现。"风鸣两岸叶"，诗人听到的不仅有猿鸣，还有风吹两岸山林的响声。诗人在江上舟中还能听到风吹叶鸣，则山风也不是轻风，而是风力甚猛。举头望天，一轮明月洒下清辉，照着沧江上的一叶孤舟。"孤舟"也呼应了开篇的"愁"字，羁旅的孤寂令人愁苦。诗人内心的孤独之情驾驭着他对夜晚桐庐江景色的书写，构建了一个清幽、寂寥，充满凄怆之感的意境。诗人舟宿桐庐江上，为何会有这样孤独的悲愁呢？原因就在于"建德非吾土，维扬忆旧游"。建德与桐庐均属富春，此以建德代指诗人现在所漫游的地方。维扬，即扬州，《尚书·禹贡》中有"淮海维扬州"之语，故称。"非吾土"，用王粲《登楼赋》"虽信美而非吾土兮，曾何足以少留"之语。建德不是诗人的乡土，尽管这里风景美好，也是异乡，所以诗人之"愁"中有客居异乡的惆怅。同时，他怀念与扬州老朋友的旧游时光。猿鸣、疾流、山风、明月让羁旅的诗人思乡、怀友两种情绪叠加，不由得双行泪下。诗末句中"海西头"即指扬州。隋炀帝杨广《泛龙舟歌》诗云："借问扬州在何处，淮南江北海西头。"诗人希望朋友能够知道自己的思念之心，想象着凭借沧江夜流，把自己的两行热泪寄给海西头的故友。

这首诗以情驭景，用耳闻目见之景，营造了凄清之境，将心中的哀伤、孤独传达出来，令读者真切感受到诗人心中的寂寞与愁闷。诗人缘何如此悒悒不欢？或许还是仕途失利所致，不过诗人并没有着意去揭示，而是将它掩藏在思乡怀友的情绪之中了。

（杨传庆）

唐　佚名《宫乐图》

古风（其十二）

李　白

松柏本孤直，难为桃李颜。
昭昭严子陵，垂钓沧波间。
身将客星隐，心与浮云闲。
长揖万乘君，还归富春山。
清风洒六合，邈然不可攀。
使我长叹息，冥栖岩石间。

┃诗作者

　　李白（701—762），字太白，号青莲居士。其创作有《古风》组诗五十九首，均为古体诗，这首诗是第十二首。李白曾在越地畅游，虽然今存李白诗中没有题咏桐庐者，但并不表明他一定没有到过桐庐。从他这一首诗看，其对严子陵极为崇拜，想必不会错过严陵胜迹。

唐 李思训（传）《江帆楼阁图》

▌诗赏析

本诗首二句以松柏、桃李起兴。《论语·子罕》云："岁寒，然后知松柏之后凋也。"后人对"松柏"坚忍、耐寒的品质极为称赞，首句即言松柏生性孤傲、高洁，严寒之际，傲雪挺立。"难为桃李颜"，桃花、李花颜色美丽，但不经严寒，时过则凋零。《荀子》中比较松柏与桃李说："桃李倩粲于一时，时至而后杀；至于松柏，经隆冬而不凋，蒙霜雪而不变，可谓得其真矣。"所以前二句诗人赞美孤傲、正直的松柏坚守本性，不像桃李那样趋时，其意在强调要以松柏为榜样，耿介正直而不媚于俗世。

"昭昭"二句，诗人称颂严子陵的光明磊落与高风亮节。严子陵，即严光。《后汉书》记光武帝刘秀与严光："因共偃卧，光以足加帝腹上。明日，太史奏客星犯御坐甚急。帝笑曰：'朕故人严子陵共卧耳。'除为谏议大夫，不屈，乃耕于富春山，后人名其钓处为严陵濑焉。"严光与光武帝刘秀一同游学，刘秀做皇帝之后，严光归隐不见。刘秀找到他，欲加以大夫之职，他拒绝接受，后隐居富春江，以耕钓为生。"身将客星隐"，"客星"，指天上流星，此指严子陵隐遁。"心与浮云闲"，写严光如浮云般悠游洒脱，超然名利之外。"长揖万乘君"，写严子陵拒绝光武帝的封赏。"万乘"，指帝王，《孟子·梁惠王上》云："万乘之国，弑其君者，必千乘之家。"赵岐注云："万乘，兵车万乘，谓天子也。"这里指光武帝刘秀。需要注意诗中的"长揖"，诗人强调严子陵这种告别刘秀的行礼方式，有其用意。《汉书·高帝纪》记郦生见刘邦云："沛公方踞床，使两女子洗。郦生不拜，长揖曰：'足下必欲诛无道秦，不宜踞见长者。'"颜师古注云："长揖者，手自上而极下。"这是一种不分尊卑的行礼方式，李白用"长揖"，称赞严子陵独立、孤高的节操，不以光武帝为帝王而折节，这非常符合李白傲视王侯的精神追求。"清风洒六合"句，"六合"指天地四方，寰宇之内。"冥栖岩石间"句，指隐栖于幽深之地。诗篇末四句赞美严子陵高洁风骨如清风遍吹天下，诗人叹息其高远难以仰攀，并表达了追慕效法之意。

明人徐祯卿评论这首诗说："此篇盖有慕乎子陵之高尚也。"李白歌颂严子陵不慕富贵、追求独立之风操，也寄寓了自己的志向，体现了他不愿"摧眉折腰事权贵"的人生志趣。

（杨传庆）

早秋桐庐思归示道谚上人

皎　然

桐江秋信早，忆在故山时。
静夜风鸣磬，无人竹扫墀。
猿来触净水，鸟下啄寒梨。
可即关吾事？归心自有期。

▌诗作者

　　皎然（约720—？），俗姓谢，晚年字清昼，吴兴（今浙江湖州）人。自称谢灵运十世孙。唐代著名诗僧。早年勤学，中年追慕神仙。唐玄宗时，曾游长安，干谒王侯。后隐居于霅溪，皈依佛教，于灵隐寺受戒，居于湖州杼山妙喜寺。皎然为"江东名僧"，与颜真卿、于頔、陆羽等官员、名士交游。著有诗文集《杼山集》及诗学著作《诗式》。皎然精于诗歌、佛典，遍访名山，此诗即是其游访桐庐时所作。

▌诗赏析

　　大历十三年（778）夏至秋，皎然离开湖州，居于桐庐。早秋，皎然思归，作此诗寄示道谚上人，并于是年冬离开桐庐前往杭州。首联写桐庐秋来，触发思乡之情。"桐江"即桐溪，今桐庐西北分水江。"秋信"，秋天到来的信息。因桐庐处于深山之中，山水于节令、气候之变化反应敏微，所以其秋天来得很早。诗人早觉，故云"秋信早"。古人对秋天很敏感，秋来思乡很常见。《晋书·张翰传》："翰因见秋风起，乃思吴中菰菜、莼羹、鲈鱼脍，曰：'人生贵得适志，何能羁宦数千里，以要名爵乎？'遂命驾而归。"唐代诗人张籍《秋思》也说："洛阳城里见秋风，欲作家书意万重。"皎然也不例外，秋天到来的讯息让他想起了自己的故乡。颔联写山寺静夜之景。"磬"，指寺院中僧人念经时敲击的铜铸钵形响器，唐人诗中常见，如王维《过乘如禅师萧居士嵩丘兰若》诗云："食随鸣磬巢乌下，行踏空林落叶声。""静夜风鸣磬"句写静寂的夜晚，秋风阵阵，使得磬鸣声响，清音传来，更显寺中清幽阒寂。"无人竹扫墀"句中的"墀"指寺庙的台阶。这一句写在秋风吹拂下，翠竹贴地摇动，仿佛在打扫台阶。颔联两句写寺中秋夜的静与动，以动来写静。"鸣"与"扫"，赋予"风""竹"人的动作。两句所写极具形象感，风鸣磬音如在耳畔，竹拂台阶似在目前。深夜诗人未有入眠，故能听闻这些声响，其中"竹扫墀"并非诗人亲见，而是听闻测知。可见，诗人夜静之时而心不静，缘何不静呢？正是思忆"故山"所致。颈联写白日所见。秋来雨水减少，故山猿下山觅水。一个"净"字点出了秋江明净。"寒梨"指山中野梨，因其生长于深山而晚熟，故云"寒梨"。此写鸟啄梨果，"下""啄"一气连贯，充满动态。尾联强调归乡心切。"可即"意为"怎能够"；又作"何暇"，即"哪里谈得上"之意。这句话是说前写桐庐之景与自己无关，归乡有期，他已不再留恋，决意离开桐庐返乡。

　　古人在评价皎然诗歌时或云"清壮"，或云"清机逸响"，或云"清致"，这首诗对桐庐山寺及山间之景的描写同样体现了一个"清"字。皎然通过他高超的诗笔，营造了清净宁谧的桐庐之景。

（杨传庆）

唐 杨升《蓬莱飞雪图》

归桐庐旧居寄严长史

章八元

昨辞夫子棹归舟，家在桐庐忆旧丘。
三月暖时花竞发，两溪分处水争流。
近闻江老传乡语，遥见家山减旅愁。
或在醉中逢夜雪，怀贤应向剡川游。

▌诗作者

章八元（743—829），字虞贤，浙江桐庐人。少聪颖，喜为诗。唐代宗大历六年（771），登进士第。唐德宗贞元中调句容主簿，后升迁协律郎。与韦应物、刘长卿、张继等唱和。有《章八元诗》一卷。

▌诗赏析

　　这首诗是章八元辞别严维归乡时所作。"严长史"即严维，其于唐代宗广德元年至大历五年（763—770）充浙东节度使幕，为检校金吾卫长史，故称。据《唐才子传》，严维曾仰慕严子陵高风，隐居于桐庐。唐人高仲武《中兴间气集》记章八元偶然在邮亭题诗数言，恰为严维所见，遂问："尔能从我学诗乎？"章曰："能。"后章八元从严维学诗，为其高弟，故诗中称严维为"夫子"。

　　首联写诗人告别老师返归桐庐旧居。"棹"为船桨，诗中指乘船而归。东晋陶潜《归去来兮辞》即云："或命巾车，或棹孤舟。""旧丘"指故乡，鲍照《代结客少年场行》诗有云："去乡三十载，复得还旧丘。"此写"归舟"之因，诗人飘零在外，对家乡桐庐分外思念，故而辞别老师返乡。颔联回忆家乡春日胜景。"三月"句写花。阳春三月，桐庐山花绽放，春意盎然，欣欣向荣，一个"竞"字写出了山花争奇斗艳，竞相展现自身美丽的生动之貌。"两溪"句写水。"两溪"或谓富春江与分水江，二水在桐庐交汇，实则此"两溪"可以不是特指，就是诗人家乡常见之河溪。春日雨多，溪水丰盈，两溪相合，宣泄争流而下。此联"竞""争"赋予山花、春水以生命，体现了诗人炼字的功力。颈联写离家乡近了，听到了乡音，倍感亲切；远望见家乡的山了，蕴蓄于胸的羁旅之愁也减却不少。由此二句也可见，在返乡之前，诗人在他乡的愁闷心情。回到家乡自然是快乐的，不过没有思乡之情了，又会想念老师。尾联中"怀贤"即指想念老师，"剡川"即剡溪。《世说新语·任诞》："王子猷居山阴，夜大雪，眠觉，开室，命酌酒，四望皎然。因起彷徨，咏左思《招隐》诗。忽忆戴安道。时戴在剡，即便夜乘小舟就之。"诗人想到"雪夜访戴"的故事，他告诉严维，或许会像王子猷那样，乘兴就会去看望他。刘长卿在写给章八元的《月下呈章秀才》诗中说："向老三年谪，当秋百感多。家贫惟好月，空愧子猷过。"他便将章八元比作逸兴超迈王子猷。

　　章八元这首诗既写出了归乡喜悦之情，也暗含了别后对严维的思念。古人称赞章八元诗善于状物，此诗写桐庐山花竞艳、溪水争流，令人神往，在在体现了其对家乡的热爱。

（杨传庆）

唐　李昭道（传）《明皇幸蜀图》（局部）

送无怀道士游富春山水

孟 郊

造化绝高处，富春独多观。
山浓翠滴洒，水折珠摧残。
溪镜不隐发，树衣长遇寒。
风猿虚空飞，月狁叫啸酸。
信此神仙路，岂为时俗安。
煮金阴阳火，囚怪星宿坛。
花发我未识，玉生忽丛攒。
蓬莱浮荡漾，非道相从难。

▍诗作者

　　孟郊（751—814），字东野，湖州武康（今浙江德清）人。少时隐居嵩山，两次应进士不第，四十六岁时方登第。后任溧阳尉，终日吟诗，多废吏事，最终辞官归。元和元年（806），河南尹郑余庆任辟为水陆转运从事，试协律郎。元和九年（814），郑余庆再招其为兴元府参军，偕妻往赴，暴卒途中。孟郊一生潦倒贫寒，耿介孤直，与韩愈、张籍、李翱等友善，深受推重。去世后，友人私谥为"贞曜先生"。一生苦吟，被称为"诗囚"，与贾岛并称"郊寒岛瘦"。

▌诗赏析

　　这首诗为送别无怀道士而作。富春山水，指桐庐、富阳境内的秀美山水。南朝梁吴均《与朱元思书》有云："自富阳至桐庐一百许里，奇山异水，天下独绝。"无怀道士将游桐庐、富阳，故而诗人向其描绘富春山水。"造化"指化育万物的大自然。诗人说富春胜景乃天地所造，是造化中意之地，其山水胜景，难有匹敌。接下来诗人便写其记忆中的山水之景。"山浓翠滴洒"，写山景。山林茂密，满目苍翠，树叶颜色翠绿润泽得仿佛要滴洒下来。"水折珠摧残"，写山间水流。水顺山势而下，山壁凸处可见水流，凹处则不见，似被折断一般。由于山壁蜿蜒曲折，水流击撞则水珠四溅，残沫飞起。"溪镜"句写溪水清澈如镜，无怀道士可以对之照面梳发。"树衣"句，"树衣"指树皮或苔藓类植物，写道士以之制成粗服，抵御严寒。此二句想象无怀道士方外野逸清苦的生活。接下来诗人写山中动物。"风猿虚空飞"，"虚空"即空中，此写白日里腾空飞起的猿猴乘风纵越于山林树丛之中。"月狖叫啸酸"，"狖"亦是猿类。此写夜间月下，猿猴啸啼悲鸣，其哀鸣之音令闻者心酸。诗人告诉无怀道士，富春山水确实是避开世俗安乐，追求登仙绝佳之地。后四句诗人想象无怀道士在此烧炼金丹、斋醮捉怪，赞其道法高深。"煮金"即炼丹，《云笈七签》中记"炼汞投金，修金合药"；"阴阳火"，指炼丹的神秘之火，汉代贾谊《鹏鸟赋》中说："天地为炉兮造化为工，阴阳为炭兮万物为铜。""因怪"即斋醮拘鬼怪；"星宿坛"为道士施法之祭星坛。"花发""玉生"写炼金还丹的过程。炼丹时称汞投入铅水中吐花为"金华"（即金花）。据《云笈七签》记还金丹时，"其丹赫然轻飞，脱离于质，如芙蓉花九层，连于鼎盖之上"，"丛攒"即指道士炼得金丹聚集。尽管诗人赞美道士，但他很清醒自己不是修道之人。"蓬莱"，传说中的神山，《史记·封禅书》云："自威、宣、燕昭使人入海求蓬莱、方丈、瀛洲，此三神山者，其传在勃海中。""浮荡漾"，指缥缈虚浮，难以到达，诗人在这里表达了对无怀道士修仙之事难以追慕之意。

这首诗围绕富春山水与无怀道士而写，脉络结构不无跳荡，体现了孟郊创作五言古诗的功力。从诗句"山浓翠滴洒，水折珠摧残"，"风猿虚空飞，月狄叫啸酸"，也可见出孟郊诗"硬语盘空"的特点。

（杨传庆）

唐 韩幹《猿马图》

送施肩吾东归

张　籍

知君本是烟霞客，被荐因来城阙间。
世业偏临七里濑，仙游多在四明山。
早闻诗句传人遍，新得科名到处闲。
惆怅灞亭相送去，云中琪树不同攀。

┃诗作者

　　张籍（约767—约830），字文昌，原籍苏州，移居和州乌江（今属安徽和县），与当时许多著名诗人均有交游。贞元十四年（798），经孟郊介绍，张籍与韩愈结识，从韩愈问学；时韩愈为汴州进士考官，张籍通过推荐，次年在长安中进士第。韩愈《早春呈水部张十八员外》一诗即是寄赠张籍。张籍之诗，各体兼善，王安石称赞"看似寻常最奇崛，成如容易却艰辛"；尤工乐府，多写民间疾苦，风格明白晓畅，白居易称其"尤工乐府诗，举代少其伦"。

▎诗赏析

　　本诗是一首寄赠诗，所赠之人施肩吾系睦州分水（今属浙江桐庐）人。施肩吾于元和十五年（820）登进士第，因时局黯淡，知宦途不畅，未及受官便东归故里。这首诗正是张籍送别之作。"烟霞客"意指乐山好水之人，首句劈空而来，以一"知"字开头，复以一"本"字强调，直抒胸臆地表明了诗人对寄赠之人的了解和知赏。次句中"城阙"是送别时诗人和友人所在之都城，也指友人意欲远离的官场，友人因"被荐"而来，写出其确有经邦济世之才干。第二联以"七里濑"与"四明山"相对，写出友人的来处与去处。友人的家与当年严子陵隐居之

唐　孙位《高逸图》

钓台相去不远，虽然在时间上有汉唐之隔，但在空间上颇为亲近，如今又有一样的归隐之志。施肩吾好道，即"仙游"二字之所本，早年即曾游访四明山（在今宁波、绍兴境内）等道教圣地，离开官场后归隐于洪州西山（今属江西南昌）。第三联前句侧面称赞友人之诗与才，上扬的句意紧接着在后句落下，取得功名之后却无所事事，暗含对污浊官场现状的抨击。尾联以双声词"惆怅"开头，在情感和声韵两方面都表达出诗人对友人遭际的惋惜及离别之不舍。灞亭即灞桥长亭，是送别之所。传说琪树是仙境中的玉树，挺秀洁白，象征高洁之志向。诗人留在官场，友人选择归隐，二人正是"不同攀"，所谓"君子和而不同"。尽管追求不同，但只要有各自的持守，不妨碍二人成为很好的朋友，此中有对友人选择的理解和鼓励，亦有诗人自勉之情。

　　我国古代常有一些为"仕"而"隐"，妄图走终南捷径的"伪隐士"，"仕"与"隐"，或曰"庙堂"与"江湖"，是他们主要的两种心态，而这两种心态的矛盾交织往往受政局变化的影响。正如罗宗强先生曾言："在古代中国，有隐逸情怀的士人不少，但真正的隐士却不多。隐逸情怀是人生的一种调剂，而真正的隐士却要耐得住寂寞。"桐庐诗人施肩吾离开官场，畅游天地，寻仙学道，自由无束，或可称得上是一位真正的隐士。

（闫晓铮）

钓 台

李德裕

我有严湍思，怀人访故台。
客星依钓隐，仙石逐槎回。
倒影含清沚，凝阴长碧苔。
飞泉信可挹，幽客未归来。

▍诗作者

李德裕（787—850），字文饶，河北赞皇人。晚唐时期著名的政治家、文学家，梁启超称赞他为"中国六大政治家"之一，将他与管仲、商鞅、诸葛亮、王安石、张居正相提并论。李德裕在为相期间政绩卓著，辅佐唐武宗开创"会昌中兴"，但多次因党争被外放出京。

▋诗赏析

长庆二年（822），李德裕任浙西观察使，除在当地除清盗贼、整顿陋习之外，还写下不少诗作。本诗作于开成四年（839），属于李德裕"思平泉树石杂咏十首"的第一篇。李德裕家平泉山庄，有钓台石，大概是从钓台严濑所得，表现出这位大政治家的隐逸之思。尽管身处要职，不能完全隐居闲散，但通过购买钓台潭石，钓台文化始终伴随左右，诗人的心灵得到了安慰。全诗完全扣着隐士严子陵的典故展开抒情。面对险恶的政治局势，诗人始终不忘保有高尚的政治品德，希望寻求人格的独立、精神的自由与诗意的栖居。这，都是桐庐山水与严陵故事给诗人的慰藉。首联是说作者虽然出任要职，却一直怀念严陵钓台。颔联的"客星"是说，想当年汉光武帝刘秀与严子陵少年时是同学，光武帝建立东汉后，与严子陵依然亲切交谈，深夜同卧，严子陵把脚放在汉光武帝的腹上，二人之间不存君臣忌讳。如此亲密，严子陵并不以此进身，却屡辞征辟，终于选择"钓隐"的归隐生活，这就如同《博物志》里面所说的"泛槎"典故——传说中乘船入海，可以直通天河，此处用典，显然飘飘然有游仙之意。作为参照，元代张可久的《寨儿令·过钓台》散曲"不恋朝章，归钓夕阳，白眼傲君王。客星犯半夜龙床，清风占七里鱼邦"句，也表达了类似的情感。古代士人的"仕隐"是相当复杂的思想情结，以当代社会的立场来看的话，士人隐居避世并不是关注的重点，重点在于士人时刻保有自由意志，追寻世俗利禄以外的精神境界。真正的隐者并非脱离时代，而是深入了解时代，但却选择用另一种方式探索人生奥秘，是一种传统的东方生命哲学与生活美学。面对热衷于名利的浮躁社会，桐庐富春的山水，与严陵钓台的故事，都可以给人们提供一阵阵难得的清凉气息，成为人们欣羡的生活方式。能够不慕荣利，安贫乐道，面对有权势者不卑不亢，不仅是中国古代所推崇的一种道德境界，在今天也仍有重要的现实意义。正如诗人所写"清泚""凝阴"，既是他追思不已的山水胜景，也是其内心向往的清凉胜地。尽管身居要职，但他并不沾沾自喜，而是希望能回归山林，过上轻松自在的生活。唯一的遗憾是，自己背负着重要的政治责任，又卷入了难以摆脱的党争旋涡，所以只好感叹一句"幽客未归来"！当代人，在现实社会中奋力打拼的同时，不妨在节假日来访桐庐，欣赏富春秀丽山水的同时，理解严陵高钓的生活方式，有助于调适个人身心、提升幸福指数，这也是本诗当代价值和思想深度之所在。

（张昊苏）

宿桐庐馆同崔存度醉后作

白居易

江海漂漂共旅游，一尊相劝散穷愁。
夜深醒后愁还在，雨滴梧桐山馆秋。

诗作者

白居易（772—846），字乐天，晚年号香山居士，祖籍山西太原。唐代诗人、文学家。与元稹并称"元白"，与刘禹锡并称"刘白"。

诗赏析

白居易少年时便以《赋得古原草送别》一诗为人赞赏，更有《琵琶行》《长恨歌》等长篇名作。其所作诗歌在诗人生前就广泛流传，受各阶层之喜爱。白居易论诗有言"诗者，根情，苗言，华声，实义"，以果树的根、苗、花和果实来比喻诗的情感、语言、声律、义理，对于优秀的诗歌，四种元素缺一不可，同时指出了情感作为诗歌根基的重要地位。又言"文章合为时而著，歌诗合为事而作"，标举《诗经》以降的传统，强调诗歌应具有叙写时事、讽喻人情的政治和教化作用。

白居易于长庆二年至四年（822—824）任杭州刺史，与桐庐诗人徐凝交好，且有诗歌酬答，白居易曾专门到桐庐探望徐凝，写下《凭李睦州访徐凝山人》一诗。一次游桐庐时，留宿桐庐的白居易与友人崔存度把酒夜话，写下了《宿桐庐馆同崔存度醉后作》。首句一"共"字，直接指出无论诗人还是友人，都是江海之中漂泊的旅人。江海既是实指，也象征诗人和友人在现实世界中漂泊的遭际，推而广之，又可将世间芸芸众生均网罗在内。如今二人对酒于此，把盏相劝，为的是驱散愁绪。可是酒意褪去后，听到秋夜山馆中雨打梧桐的声音，却发现此愁依然在，一如李白所谓"抽刀断水水更流，举杯消愁愁更愁"。

今日之桐庐乃一旅游胜地，自无需赘言。当日白居易诗中"旅游"二字所指却不尽然与今日相同。南朝诗人沈约在《悲哉行》一诗中有"旅游媚年春，年春媚游人"之句，道出旅游是联结"游人"与"年春"的纽带，或谓人通过旅游与自然的和人文的环境产生联系，从此点看，与今日之含义相同；所不同者，即诗题所道出之"悲"，原来诗的最后两句是"一朝阻旧国，万里隔良辰"，正是客游感物的忧思悲情，与今之以休闲为主要目的的旅游有所区别。到了唐代，"旅游"一词在诗歌中广泛出现，白居易亦有"忆昨旅游初，迨今十五春"，"早岁从旅游，颇谙时俗意"，"何处征戍行，何人羁旅游"等句，也可看出"旅游"中蕴有漂泊无寄之穷愁。在本诗的结尾，诗人以"雨滴梧桐"来表达未被排遣的愁绪。一方面，紧扣诗歌的发生地桐庐；另一方面，"梧桐夜雨"也是我国诗歌传统中描述悲秋意绪的重要意象。梧桐可见，是视觉；雨打梧桐之声音可闻，是听觉。外在所见所闻与诗人内在心境互为表里。白居易在《长恨歌》中叙写马嵬驿之变后唐玄宗返回长安怀念杨贵妃时，以"春风桃李花开日，秋雨梧桐叶落时"一联写出今昔对比，昔日桃花李花在春风中盛开，今日梧桐叶在秋雨中飘落，同样是以雨打梧桐写悲愁。

（闫晓铮）

梦 乡

章孝标

家住吴王旧苑东，屋头山水胜屏风。
寻常梦在秋江上，钓艇游扬藕叶中。

▌诗作者

章孝标，约生于唐德宗贞元元年（785），卒年不详，浙江桐庐人，中唐诗人。早年才华横溢，颇有诗名，与白居易、元稹、李绅、朱庆余等人有过交往唱和。章孝标本名章成缅，十岁左右时，因侍亲至孝，堪为表率，被人们赠以"孝标"之名。《两浙名贤录》等书中记载孝标丧母后，亲手在墓旁种植松柏，墓旁长出十三株紫芝，"乌鸦来巢，麋鹿共处"，可见其孝之笃。

诗赏析

　　元和十四年（819），屡试不第的章孝标终于进士及第，作《寄淮南李相公绅》（一名《及第后寄广陵故人》）一首，云："及第全胜十政官，金鞍镀了出长安。马头渐入扬州郭，为报时人洗眼看。"李绅《答章孝标》曰："假金方用真金镀，若是真金不镀金。十载长安得一第，何须空腹用高心。"对章孝标既有赞扬，又有警策。章孝标及第后仕途并不畅达，如今关于他的记载流传不多，家世、仕宦、交游等情况均不甚清楚。有文献称章孝标父亲为章八元、章碣为章孝标之子，三代均为诗人，然而仔细考查，关于章孝标与章八元、章孝标与章碣关系的记载散见多处，早期文献言及者都为揣测语气，辗转流传过程中才逐渐被"坐实"，故仍需审慎对待。章孝标现存诗作有七十首左右，题材较为广泛，以干谒、酬唱、咏物、山水等内容为主。

　　本诗题为《梦乡》，以梦境写故乡秀艳奇绝之山水，表达出深切的怀恋。开头写出故乡所在之地，吴国系春秋列国之一，吴王旧苑，以显其故乡之钟灵毓秀。屏风系室内陈设，用来挡风或作为间隔、遮蔽的用具，有单扇、多扇之分，可以折叠，常施以字画，其中不乏绘制精美的山水风光图。第二句写故乡家中屋外所见景色，并未直接描写，只言其胜于屏风上之画，给读者以想象的空间。"寻常"即平常、经常之意，杜甫诗有"岐王宅里寻常见，崔九堂前几度闻"，"酒债寻常行处有，人生七十古来稀"等句，寻、常亦均为长度单位，八尺为寻，倍寻为常，所以这里"寻常"虽也是经常之意，但仍然能够与"七十"相对，可见杜诗之自然而不失工整。本诗第三句，诗人说常常梦到在故乡的秋水之上。诗人在梦中做些什么呢？正是第四句所说乘小舟游荡并垂钓于繁茂的荷叶间。汉乐府民歌《江南》云："江南可采莲，莲叶何田田。鱼戏莲叶间。鱼戏莲叶东，鱼戏莲叶西，鱼戏莲叶南，鱼戏莲叶北。"朴素爽朗而清丽活泼，诗人梦中或许亦有这样轻松愉快的场景。

　　诗人写梦中的场景，或许也是其早年在故乡的真实生活，梦中怀念当然是对故乡的思恋，其中或许也包含着因仕途不畅而寻求精神上的归宿之意。诗的结尾写诗人梦中穿梭于藕叶间，周敦颐在《爱莲说》中说"予独爱莲之出淤泥而不染，濯清涟而不妖"，"莲，花之君子者也"，或许诗人在梦中也期望自己能保持如莲花般高洁的品行操守。

（闫晓铮）

寄桐江隐者

许 浑

潮去潮来洲渚春，山花如绣草如茵。
严陵台下桐江水，解钓鲈鱼能几人。

┃诗作者

　　许浑（约788—约858），字用晦，一作仲晦，江苏丹阳人，晚唐诗人。文宗太和年间进士及第，曾任睦州刺史。许浑诗以登临怀古见长，在怀古诗中寄托对现实人生及朝政混乱的感慨，有悼古伤今之意绪。

诗赏析

胡仔《苕溪渔隐丛话》卷二十四引《桐江诗话》："许浑集中佳句甚多，然多用水字，故国初士人云'许浑千首湿'是也。"其实不单是"水"字，许浑诗中对雨露、霜雪、浪花、波涛等与水有关意象的描写也非常多。《道德经》有云"上善若水，水善利万物而不争"，水意象的广泛使用，一方面表现出诗人的精神品格与追求，另一方面则难免重复，使得被人讥之以语汇贫乏。

本诗是一首寄赠诗，也含有宦游、伤逝等情感，诗人仅以"隐者"称所赠之友人，我们无从知晓其姓名，更遑论其生平事迹。诗仙李白一首《赠汪伦》使汪伦之名传诵至今，许浑这首《寄桐江隐者》却没有留下隐者的姓名，可能会有人为其感到惋惜，然而对于真正耐得住寂寞的隐者而言，想来不会在意这样的事情。

桐江自古山水秀艳，更因严子陵曾隐居于此而愈增其名，引得无数文人墨客游访旅居，本诗所赠之隐者亦隐居于此。诗的前两句写桐江春色，首句"潮去潮来"写出江水涨落的动态，充满生机，随江水望去，见到水中星罗棋布的沙洲上氤氲出的春意。二句掉转视角，见到江边两岸山花烂漫、绿草如茵，一幅生意盎然的桐江山水风光图跃然纸上。三、四句由自然转向人文，昔年严子陵隐居之钓台依然矗立在桐江之滨，台下桐江之水依然在流淌，年复一年，潮去潮来。第四句"鲈鱼"既与上句严子陵钓台相合，又用了西晋文学家张翰的典故。张翰本吴郡吴县人，《晋书·张翰传》记载在洛阳做官的张翰，见到秋风起，便思念吴中家乡的莼羹和鲈鱼脍，因此弃官回乡。西晋政局混乱，名士惶恐，张翰选择归隐，鲈鱼莼羹或许都是托词。其在仕与隐之间选择了隐，与严子陵一样，但二人做出选择的原因和背景均不相同。诗中的隐者隐居于此又是为何？

人事代谢、往来古今，诗人写下此诗时距严子陵躬耕桐江约七八百年，距张翰弃官还乡约五六百年，如今又过去了千余年，严子陵、张翰、许浑及诗中的隐者均已不在，而我们依然能够泛舟桐江，能够登临钓台，能够在文字之中怀想先贤。但是诗人最后所发之疑问也依然存在，能有几人解得隐士之发心呢？

　　本诗作者有许浑、杜牧两说，似无切实论断，但许浑、杜牧二人生活年代接近，诗歌风格亦有相近之处。此诗寄赠隐者，写桐江风光和严子陵、张翰隐居之典故，作者究竟属谁，对于诗意理解无决定性影响，今姑从前说。

（闫晓铮）

夜泊桐庐先寄苏台卢郎中

杜 牧

水槛桐庐馆，归舟系石根。
笛吹孤戍月，犬吠隔溪村。
十载违清裁，幽怀未一论。
苏台菊花节，何处与开樽。

▌诗作者

杜牧（803—853），字牧之，号樊川居士，京兆万年（今陕西西安）人，晚唐诗人。出身高门世族，系晋朝杜预的后人，在唐代，其祖父杜佑也曾官至宰相，唐人"城南韦、杜，去天五尺"说的正是杜牧家。虽然家世显赫，但杜牧一生仕宦并不如意，且纵情声色，流传有许多风流事迹。有诗曰："落魄江湖载酒行，楚腰纤细掌中轻。十年一觉扬州梦，赢得青楼薄幸名。"杜牧诗文俱佳，作诗尤擅七绝，与李商隐齐名，世称"小李杜"。

▌诗赏析

　　会昌六年（846），杜牧调任睦州刺史。睦州风景清幽，又有严子陵钓台古迹，杜牧陶醉于眼前的美景，写下《睦州四韵》，诗云："州在钓台边，溪山实可怜。有家皆掩映，无处不潺湲。好树鸣幽鸟，晴楼入野烟。残春杜陵客，中酒落花前。"首联直言睦州城在严子陵钓台边，接着以一"实"字强调山水风物之惹人喜爱，可怜即可爱之意。第二、三联进一步写睦州风光，此地处处林木掩映、溪水潺潺，树上有鸟鸣，清幽婉转，高楼之上，林间野烟自在飘入。第四联转而

唐　周昉《簪花仕女图》（局部）

写诗人自己，杜陵客是诗人自称，中酒即是喝醉了酒。在这暮春时节，任职外郡的诗人在落花前饮酒沉醉，却仍然无法摆脱故乡之思。

　　大中二年（848）九月，杜牧离开睦州返回京城长安，夜晚停船在桐庐馆时作《夜泊桐庐先寄苏台卢郎中》寄给友人。春秋时吴王在苏州西南姑苏山上筑姑苏台，姑苏台亦代指苏州，本诗寄赠对象卢郎中系时任苏州刺史的卢简求。首联直言自己夜宿桐庐，因诗人此行目的地为自己的故乡长安，故称所乘之船为"归舟"。第二联写夜间桐庐之环境，孤月之下不仅有清远的笛声，还有对岸村子中的犬吠。无论月还是溪，无论笛声还是犬吠，均是平常景象，可是此时听见、看见，却能格外引发诗人诸端思绪。第三联中"清裁"指卢简求。东汉范滂为人刚正不阿，被称赞为"范滂清裁"，后人以清裁作为对别人的尊称，杜牧《春日言怀寄虢州李常侍十韵》中亦有句"无计披清裁，惟持祝寿觞"。前两联写眼前和当下，第三联推开一笔，诗人想到上次与友人相见，已是近十年前的事情了。十年间，二人各自经历了宦海沉浮，未尝有机会一诉衷肠，道出各自心中深挚的感怀。末联诗人向友人发出邀约，约定见面把酒畅言，或许只有当面交谈才能倾吐诗人胸中"幽怀"，正如韩愈诗所谓"幽怀不能写"。菊花节，即重阳节，曹丕《九日与钟繇书》中"岁往月来，忽复九月九日，九为阳数，而日月并应，俗嘉其名，以为宜于长久，故以享宴高会"，有登高、赏菊、饮酒、插茱萸、吃重阳糕等习俗。王维《九月九日忆山东兄弟》中"独在异乡为异客，每逢佳节倍思亲"所咏即为重阳节，千百年来，这两句诗被无数思乡游子用以抒怀。

（闫晓铮）

思江南

方 干

昨日草枯今日青，羁人又动望乡情。
夜来有梦登归路，不到桐庐已及明。

▌诗作者

方干（809—886），字雄飞，浙江桐庐人，晚唐隐逸诗人。幼有清才，从桐庐诗人徐凝学律诗。早年求仕，但宦游无门，屡次科举不中，后隐居于镜湖。方干布衣终身，死后门人私谥为玄英先生。昭宗光化三年（900），韦庄奏请追赠方干等近代不及第之人，方干才在身后获得进士出身。虽一生未踏入官场，但方干诗名很盛，孙郃《玄英先生传》言："广明、中和间为律诗，江之南未有及者。"《全唐诗》收方干诗 348 首。

▌诗赏析

　　此诗当为诗人羁留长安时所作，江南为诗人故乡之所在，此诗之主题为思乡怀远则显而易见。思乡之情历来为文人墨客所描写，西晋文学家陆机"伫立望故乡，顾影凄自怜"系直抒胸臆的实写，本诗则不同。

　　首句为一句中对，昨日之枯草，今日已泛青，草枯意味着岁末将至，难免思归，初春草绿，一元复始，同样易引发乡情。要知此处"昨日"与"今日"定非仅指近二日，而是将青草枯了又青的每一天都网罗在内。第二句中"羁人"为诗人自指，诗人怀思之情随着草之枯寒与新绿时时跃动。第三句由现实走入梦境，诗人终于能在梦中踏上回乡的路，如果可以一直走下去，回到故乡，即便是在梦中，也或许能一慰思乡之情。然而末句一转，梦中的诗人尚未走到故乡便已天亮，似乎诗人尚不忍直接戳破，天亮即意味着梦醒，也就是说诗人在梦中并没有能够回到日思夜想的故乡，这一句写天明梦醒，透露着诗人归梦不得的落寞与感伤。全诗到此结束，含蓄蕴藉，使人不禁揣想梦醒后的诗人是如何面对这未尽之归梦的。或许李商隐《端居》一诗能给我们提供一种可能，虽然李商隐诗所写为秋季，与本诗不同，但思乡之情定是如一的。诗云："远书归梦两悠悠，只有空床敌素秋。阶下青苔与红树，雨中寥落月中愁。"前二句言事，故乡绵邈，家书不至，游子在外，归梦亦不达，梦醒后只有空荡荡的床铺陪伴自己抵御寒秋。后二句写景，梦醒后的诗人面对阶下的青苔与红树，在雨和月的笼罩下，所拥有的仅仅是寥落愁绪。

　　前人论诗有以为"唐人最善于脱胎，变化无迹，读者惟觉其妙，莫测其源"。并将本诗与金昌绪《春怨》、岑参《春梦》二诗并置而探其源流，方贞观《辍锻录》曰："金昌绪'打起黄莺儿，莫教枝上啼。啼时惊妾梦，不得到辽西'，岑嘉州则脱而为'枕上片时春梦中，行尽江南数千里'，至家三拜先生则又从岑诗翻出，云：'昨日草枯今日青，羁人又动望乡情。夜来有梦登归路，不到桐庐已及明。'"金昌绪诗是闺中人思念远人，梦中也无法抵达游子所在之地。岑嘉州即岑参，这两句与方干诗同样是梦江南，却言梦中览尽江南风光，与方干诗相较，则二人在梦中归途行进的速度一急一缓，正是"迟速不同，各有其妙"。思乡是人人皆有之情，千百年来被人不断书写，以上诸诗所妙各在何处，留待读者反复吟咏，细细体会。

（闫晓铮）

桐江闲居作十二首（其一）

贯　休

木落雨脩脩，桐江古岸头。
拟归仙掌去，刚被谢公留。
猛烧侵茶坞，残霞照角楼。
坐来还有意，流水面前流。

▌诗作者

贯休（832—912），俗姓姜，字德隐，浙江兰溪人，是唐末至五代时期著名的诗僧、画僧。其诗风格不受束缚，"往往得景物于混茫自然之际"，才情卓荦，为时所称，著有《禅月集》等。有传说，桐庐县华林寺的"镇寺之宝"十六罗汉像，就是贯休路过补其残缺的。

▌诗赏析

　　本诗写出了诗人悠闲隐逸的生活方式。在隐逸生活中，贯休摆脱世俗的干扰，专心观察自然，荡涤心灵，锤炼诗法，不计成本地打磨诗句，摹写桐江美景，属于"苦吟"一派的写作方式。贯休因有"万水千山得得来"的名句，故被称作"得得来和尚"。在桐江闲居期间写成的《桐江闲居作十二首》是他的代表作，写的是山中生活的所见所感，本诗是其第一篇，也是较有艺术特色的一篇。诗人在桐江古岸独自观赏，听着叶落又兼风雨的"翛翛"（一作"修修"，象声词）之声。在此雨中，当然难以动身启程，那么就不妨既来之则安之，在这里继续欣赏景色吧。诗人说，本来自己思及华山著名的仙人掌峰，而被桐庐留下，不舍离去——在此地，山水诗的鼻祖，南朝大诗人谢灵运留下了不少书写桐江的名作，抒发热爱自然山水、向往自由生活的思想感情，这也是贯休一生所追寻的审美境界。不久雨过，时间也到了傍晚，五彩缤纷的晚霞出现在天空中。颈联用"猛烧侵茶坞"来形容这一景象：种满茶树的小山丘，仿佛火烧一样，又映照到城垣四角的角楼上，红霞遍天，何等灿烂。以"猛烧""侵"来形容红霞那种逼人的美、炫目的红，是诗人反复锤炼而出的用词，经营中甚见匠心，表现出非常高妙的诗学水准；与南朝著名诗人谢朓（464—499）的"余霞散成绮"风格不同，但却各具特色，引人入胜。桐江雨后的晚霞，深沉而浑厚，弥漫而缤纷，令诗人深深地着迷，几乎忘记了人间的一切世俗生活。于是诗人感叹道："坐来还有意，流水面前流。""坐来"，是本来、适才的意思。本来心中还带有一些世俗的意愿。看着面前流动着的江水，心灵也得到了荡涤，从而忘却了世俗生活的纷纷扰扰，表达了人与自然的和谐共处，不为世俗生活所累的生活状态和美学理念。旅行是为了什么？为什么我们都为自然山水所倾心？其实，旅行的意义不在于前往各地忙忙碌碌地"打卡"，而在于追随内心的意念，去寻找、发现这个世界的无限美丽。因之，尽管说一度"拟归仙掌去"，但面对充满魅力和静谧的桐江山水，诗人终于"刚被谢公留"，这种对旅行的态度在今天仍有启发意义。人与自然和谐交融，既带给人们美的享受，也是人们走向未来的依托。桐江听雨，雨后观霞，楼中观水，遥望天空，这是一幅多么美好的生态文明画卷啊！

（张昊苏）

唐　李思训《九成避暑图》

秋日富春江行

罗 隐

远岸平如剪，澄江静似铺。
紫鳞仙客驭，金颖李衡奴。
冷叠群山阔，清涵万象殊。
严陵亦高见，归卧是良图。

▌诗作者

罗隐（833—910），字昭谏，新城（今属浙江杭州）人，是晚唐一位相当有个性的文人。他善于写讽刺散文与批判性政论，思想非常深刻，流传下诸多奇闻轶事；诗风精警超拔，多脍炙人口的名句，在当时与温庭筠、李商隐等齐名。据史书记载，罗隐本名为横，因考进士十次落第，因此改名为罗隐。

▌诗赏析

在一个静谧的深秋，诗人游于富春江上，写作了这首《秋日富春江行》五言律诗。本诗气魄正大，表现了诗人自己有心归隐、淡泊名利、倾心于自然山水的心理状态。在诗人眼中，远方的岸，清澈的江，水平、寂静，就好像被剪刀修剪过，静静地铺排在那里，伫立凝望，心中也有一分难得的安宁与静谧。次句"澄江静似铺"与谢朓《晚登三山还望京邑》诗中"澄江静如练"的句式极度相似，但风格不同，体现了诗人在继承前人优秀成果的基础上力求创新的文学风格。颔联"紫鳞"指水中之鲤鱼，《搜神记》中记载，琴高入水取龙子，乘红鲤鱼而出，因此称作"仙客驭"；"金颗"指岸边树上的柑橘，因《襄阳记》传说李衡种植上千株柑橘树，变化为奴，供奉其家人，因此称作"李衡奴"。两句十个字，只说了诗人所见水中鲤鱼、树上柑橘，但运用古代神仙传说，与富春江山水的神奇幽静切合，而"紫""金"之色杂陈，极尽装点，是本诗的一大艺术特色。颈联转为着力摹写秋天富春山水的清幽之色。诗人游览其间，看着山连着山，虽有清秋微冷之感觉，却深深感受到青山重重叠叠，令人胸襟开阔。而富春江水何等清澈而深湛，宇宙间的一切事物、景象，都呈现殊胜的面貌。此联中，"冷叠"二字为前人罕道，是诗人精细炼字的妙谛。用"群山"对仗"万象"，看似不够工整，但实从杜甫"群山万壑赴荆门"中化出，气势正大，能够写出山脉重叠，连绵不断——如果我们知道诗学家对"群山""千山"音调优劣的辨析，就更能体会到此处的韵味。"清涵万象殊"，又与孟浩然那首著名的《望洞庭湖赠张丞相》"涵虚混太清"有异曲同工之妙，水与天空浑然一体，包含一切，意味深长。这可以看作是历代桐庐诗的总体艺术倾向。而尾联的思想旨趣，落脚于严子陵的故事，说严子陵见解超卓，能够在乱世中寻求归隐，才找寻到了真正的世外桃源；歌颂其不慕名利，追求人格独立与心灵自适，比孟浩然汲汲求用的"徒有羡鱼情"多了一分超脱潇洒。这或许与桐庐山水的自然特征和严陵典故的文化内涵有密切关系。罗隐还有《严陵滩》等诗，所言也是类似意境，但本诗情景交融，景中言理，更加自然无痕，可以说是类似题材的翘楚之作。

（张昊苏）

桐庐县作

韦 庄

钱塘江尽到桐庐，水碧山青画不如。
白羽鸟飞严子濑，绿蓑人钓季鹰鱼。
潭心倒影时开合，谷口闲云自卷舒。
此境只应词客爱，投文空吊木玄虚。

▌诗作者

　　韦庄（836—910），字端己，京兆杜陵（今陕西西安附近）人，
晚唐五代诗人、词人。父母早亡而孤贫，才敏过人，且勉力向学，但
早年屡试不第。乾宁元年（894），近六十岁的韦庄终于考中进士，
后作为判官入蜀，又在王建幕中任掌书记；王建称帝，建立前蜀后，
韦庄作为开国元勋，为前蜀政权制定制度、刑法、礼乐等规章，官至
宰相，显赫一时。韦庄亦以词名世，与温庭筠齐名，并称"温韦"，
二人同为花间派重要词人。

▌诗赏析

桐庐诗人方干屡次参加科举都没能考中，布衣终身，去世后弟子私谥玄英先生；韦庄任左补阙时，上书奏请朝廷追赐方干进士出身。孙郃《哭方玄英先生》诗中"犹喜韦补阙，扬名荐天子"所言即此事。

本诗约作于龙纪元年（889）春，当时韦庄因镇海军乱被迫南下，先至越州，再到婺州，途经桐庐，同时期有《南游富阳江中作》诗曰："南去又南去，此行非自期。一帆云作伴，千里月相随。"

首联以"钱塘江尽到桐庐"开头，诗人一路沿江而下抵达桐庐，着一"尽"字，可知诗人一路览尽江边风光。第二句以"画不如"写桐庐之"水碧山青"，极言桐庐风光之富艳俊秀浑然天成，乃人力描摹所不能及。颔联对仗工整，白鸟闲适地飞翔于严子濑旁，渔人身穿绿蓑衣在江边钓鲈鱼。白鸟、渔人具是怡然自得，本是江边常见景象，然上句白鸟所在为东汉严光归隐垂钓之地，下句用张翰归乡不仕之典。西晋文学家张翰因在洛思念家乡吴中的菰菜、鲈鱼脍而弃官回乡。张翰字季鹰，故后世称鲈鱼为季鹰鱼。颈联由近及远，推开去写景，潭心倒影时开时合，谷口闲云自舒自卷，"开合"与"舒卷"写出了天光云影的动态，正合诗人所说"画不如"。陈继儒《小窗幽记》中有一联语"宠辱不惊，看庭前花开花落；去留无意，望天上云卷云舒"，或与此联所写意境相近。尾联说词人喜爱这样的景色，这样的景色也是词人乐于用文字表现的。面对如此山川清逸之境，念及木玄虚作《海赋》之才，《海赋》中有句"惊浪雷奔，骇水迸集；开合解会，濊濊湿湿"，正与上联"潭心倒影时开合"相映。诗人以这篇文字凭吊木玄虚。西晋文学家木华，字玄虚，广川（今河北枣强县东北）人，傅亮《文章志》曰："广川木玄虚为《海赋》，文甚俊丽，足继前良。"本诗写桐庐山水景致，而诗人并不是真正耽溺于山水之中的闲云野鹤，他依旧希望能够实现功名事业。

（闫晓铮）

招 隐

韩偓

立意忘机机已生，可能朝市污高情。
时人未会严陵志，不钓鲈鱼只钓名。

▌诗作者

韩偓（约842—923），字致光，小字冬郎，号玉山樵人，京兆万年（今陕西西安）人，晚唐著名诗人。韩偓之父韩瞻与李商隐交好，且为连襟，也就是说李商隐是韩偓的姨父，韩偓十岁时，曾即席为李商隐赋诗送别。此后李商隐忆及此事，写下"十岁裁诗走马成，冷灰残烛动离情。桐花万里丹山路，雏凤清于老凤声"的诗句。韩偓诗歌，前期多以爱情、女性等为描写对象，风格娇艳婉丽，因有《香奁集》，后人称其艳情诗为"香奁体"；后期多忧国感事之作，以政治讽喻为主，诗风趋于稳重。

▌诗赏析

　　"仕"与"隐"是我国古代文化中恒久的主题，招隐诗在不同历史时期也有不同的主题和内涵。西汉淮南小山作《招隐士》，以"王孙兮归来，山中兮不可以久留"作结，意在召唤隐士离开山林，回到现实生活中；西晋时一些题为《招隐诗》的作品则旨在尚隐弃显，有招人归隐之意，如陆机的"富贵苟难图，税驾从所欲"、左思的"相与观所尚，逍遥撰良辰"、张载的"得意在丘中，安事愚与智"等；同为西晋人的王康琚作《反招隐诗》，提出"小隐隐陵薮，大隐隐朝市"，认为隐士之隐关键在心而不在身，与郭象"圣人虽在庙堂之上，然其心无异于山林之中"的观点一致。招隐诗、反招隐诗具有丰富的意象和主题，其中可以体现诗人的出处之念，也能够反映诗人生活时代的政治、经济、社会、文化等方方面面的情况。

　　了解了以上内容，再来看韩偓这首《招隐》诗。首句"立意忘机"是归隐之人的前提。所谓"忘机"用以指甘于淡泊，与世无争，诗人却接之以"机已生"，谓有人在立志归隐之初，便已经存有机巧之心，归隐是假，另有所求是真。第二句"可能朝市污高情"正是说这些人仍然未摆脱官场仕途的束缚，没有真正超脱名利的情操。唐朝初期几代帝王都喜欢征召任用隐士，如此催生了卢藏用这类人，他们选择距离京城很近的终南山作为隐居之地，名义上是隐士，实则借以博取声名，以期得到帝王的任用，后人遂以终南捷径指称假意隐居以追求仕进的方法和行为。这首诗的前两句正是指摘这一类人，也就是第三句所说之"时人"，诗人说他们不懂严子陵隐居不仕之志向。第四句直接说出这些人所谓的隐居垂钓，不是为了钓鱼，而是为了钓名。韩偓所谓"时人"未必真的不知严陵之高志，更多的是面对晚唐混乱的局势，不思济世匡正，却依然汲汲于功名富贵。东汉严子陵隐居桐庐，钓台遗迹至今立于富春江畔；西晋张翰为了菰菜、莼羹、鲈鱼脍而弃官还乡，鲈鱼也是富春江的特产。千百年来，两位高士为风格秀艳、物产丰饶的桐庐，更增添了精神情操的熏陶。如今时代、环境都已不同，当然不能只学严子陵、张翰等人避世不出，更多的是要从高洁的思想和操守中获得滋养。

（闫晓铮）

唐　李思训（传）《京畿瑞雪图》

题严陵钓台

王贞白

山色四时碧，溪声七里清。
严陵爱此景，下视汉公卿。
垂钓月初上，放歌风正轻。
应怜渭滨叟，匡国正论兵。

▍诗作者

王贞白（875—940），字有道，江西上饶人。唐昭宗乾宁二年（895）进士，授校书郎。后退居乡里，传道授业。曾随军出塞御敌，写下很多边塞诗。有《灵溪集》。

▍诗赏析

　　王贞白这首《题严陵钓台》艺术水平很高，很多选本都曾选录过这首诗。

　　这是一首非常工整的五言绝句，带着唐诗精华秀朗的味道。首联先写景，"山色四时碧，溪声七里清"，与诗题尚无直接的契合之处。

　　颔联"严陵爱此景，下视汉公卿"关联题目，且与首联相关，落笔纯任自然，毫不着力。"下视"就是看低的意思，严子陵喜爱富春江的水声山色，对那些热衷功名的公卿大臣自然是不放在眼中的。一句"下视汉公卿"，十分直观地写出了严子陵笑傲王侯的高风亮节。严子陵对光武帝尚且可以以友朋视之，其他的王公巨卿更加无法令他

唐 张萱《虢国夫人游春图》

摧眉折腰。

颈联接着写严子陵的隐士生涯，"垂钓月初上，放歌风正轻"，进一步呼应了题目中的"钓台"。他在明月初升的时候垂钓江边，在阵阵清风里放声歌唱，宛然神仙中人。严子陵这个形象在诗歌中被吟咏了无数次，但是当我们读到诗人王贞白的这两联佳作时，却丝毫不会感到审美疲劳。诗人笔力遒劲、写境自然，严子陵的骄傲与洒脱在这几句诗中焕发了鲜活的生机。

尾联寓有深意，"应怜渭滨叟，匡国正论兵"，"渭滨叟"便是垂钓渭水之滨的姜子牙。同为垂钓，姜子牙与严子陵的选择可谓截然不同，一个匡扶周朝，一个终身不仕。诗人以姜子牙作为参照，引人思索两位先贤的人生道路。严子陵在富春江畔寄情于清风明月，姜子牙却为了周王朝的军国大事鞠躬尽瘁。最妙的是，诗人并未给二者做出一个孰高孰低的判断。诗中对严子陵固然极尽赞誉，对姜子牙却也用了"应怜"二字，因为他匡扶周室的功业令人仰视，为之付出的心血也值得敬重。

如此一来，这首《题严陵钓台》就在歌颂严子陵的同时拥有了更为深广的内涵。在前三联中，读者会看到一个光风霁月的隐士形象。尾联一出，顿时引发读者对严子陵、姜子牙二人人生选择的思考。诗人不下断语，留给读者思考的空间就更大了。咏史诗中直下断语的并不少见，如杜牧《题乌江亭》诗中的"胜败兵家事不期，包羞忍耻是男儿"，王安石《明妃曲》诗中的"意态由来画不成，当时枉杀毛延寿"，都对历史上的人物或事件给出了自己的判断。杜牧、王安石的诗句也是咏史诗中的佳作，其妙处在于"理"，发表议论，亮明自己的观点。而王贞白这句"应怜渭滨叟，匡国正论兵"并未直言严子陵、姜子牙二人的高下，其妙处在于"趣"，可以结合全篇的意境做一番涵泳和思考。我们欣赏这样的诗歌时，眼光和思路也必然带有更多的个人色彩。

（于家慧）

却归睦州至七里滩下作

刘长卿

南归犹谪宦，独上子陵滩。
江树临洲晚，沙禽对水寒。
山开斜照在，石浅乱流难。
惆怅梅花发，年年此地看。

▌诗作者

刘长卿，生卒年不详，字文房，宣州（今安徽宣城）人。唐玄宗天宝年间进士，历玄宗、肃宗、代宗和德宗四朝。唐代宗大历五年（770），以检校祠部员外郎为转运判官、知淮西鄂岳转运留后。大历十一年（776）前后，因与鄂岳观察使吴仲孺不睦，被吴诬奏贪赃钱粮，贬为睦州司马。唐德宗初年，擢任随州刺史，后去任，世称"刘随州"。刘长卿长于五言律诗，被称为"五言长城"。他在睦州期间，与诗人皇甫冉、秦系、严维、章八元等诗歌酬答，交往密切。

▌诗赏析

这首诗从题目"却归"与诗歌首句"南归犹谪宦"看，应该不是诗人被贬任睦州司马时所作，当是其离职后向南游历再至睦州时所作。睦州，唐朝时州治建德。七里滩，位于桐庐，又称七里濑、严陵濑，相传为东汉高士严光隐逸垂钓之处。首联写南归行至子陵滩。"南归犹谪宦"，诗人写自北南来，如同被贬谪的官吏，这里主要是指心情。他此行路线与之前被贬官睦州司马时所行一致，故而又忆及当年的郁闷愁苦。经历一番宦游，再过旧地，心情与当年仿佛，由"独上"句可知归来仍是孤独。开篇二句即奠定了诗歌愁苦的感情基调。有人云："刘长卿最得骚人之兴，专主情景。"指出其诗借景抒情、景情相融的特征，这首诗也是很典型地体现了这一点。颔联、颈联，专属于景致，而情感蕴于其中。"江树临洲晚"，写洲上江树倒映湖中，傍晚来临，树的倒影也模糊不清了。"沙禽对水寒"，写沙洲的水鸟对水而栖息，似乎难耐水寒。日暮水寒，此二句营造了一个清旷空冷的诗境，当然也是诗人内心凄孤之情的投射。清代学者方东树曾说："文房诗多兴在象外，专以此求之，则成句皆有余味不尽之妙矣。"此二句写江树、日暮、沙禽、寒水，似不涉情感，实则诗人之情在物外，涵泳玩味方可得之。颈联写斜阳、江流。"山开"句，写群山之间的开豁处，还可见到斜阳，这是远望所见。俯身下看，滩上水落石出。明代谭元春评这句诗说："'难'字映'浅'字，'乱'字有味。"水流因受到阻拦，向不同方向流动，显得散乱。"乱"字非常生动，形象可见。尾联诗人点明愁思。"惆怅"句梅花将开，春天到来也无法提起诗人的喜悦之心，却转而惆怅伤感，原因何在？《楚辞·九辩》中说："廓落兮羁旅而无友生，惆怅兮而私自怜。"诗人伤感就在于羁旅行役，自伤人生。"年年此地看"，写这些梅花曾是自己被贬此地时年年所见，梅花年年开放，然而再见之时，人已非昨。

刘长卿浮沉宦海，终不得志。这首诗情感黯淡，写冬日七里滩暮景，皆着感伤之色彩。《怀麓堂诗话》论刘长卿诗云"凄婉清切，尽羁人怨士之思"；《大历诗略》也说他的诗"清夷闲旷，饶有怨思"。可以说，这首诗典型地体现了刘诗"清切""怨思"的特点。

（杨传庆）

题严陵钓台

张 继

旧隐人如在，清风亦似秋。
客星沉夜壑，钓石俯春流。
鸟向乔枝聚，鱼依浅濑游。
古来芳饵下，谁是不吞钩？

▋诗作者

张继，生卒年不详，字懿孙，襄州（今湖北襄阳）人。天宝十二年（753）进士及第。安史之乱时，流寓吴越。大历中，以检校祠部员外郎为洪州（今江西南昌）盐铁判官。病逝于任上。与刘长卿、皇甫冉交好，存诗四十余首，以《枫桥夜泊》名闻天下。

▋诗赏析

　　这首诗是张继登临严子陵钓台所写的赞美严光高洁品行之作。严子陵，名光，光武帝刘秀少时同学。刘秀称帝后，邀其为官，严光拒绝，归隐于富春江畔。其垂钓处后人称为严陵钓台，位于桐庐城南的富春山麓，为桐庐著名的文化名胜。这首诗先写登台所感。"旧隐"指严光，诗人与严光精神相通，登上钓台，感觉严光仿佛还在，虽数百年已过，其垂钓之态如在目前。"清风亦似秋"，从后文"春流"可知，登台为春日，此写在钓台上感到春风清爽。这里的"清风"为双关语，明指清爽春风，暗喻严光的高尚风范如清风吹拂，感召后人。正如宋代范仲淹在纪念严光的《严子陵先生祠堂记》中所言："云山苍苍，江水泱泱，先生之风，山高水长。"颔联"客星沉夜壑"句，"客星"用严光典故。《后汉书·逸民列传》中记载刘秀召严光："因共偃卧，光以足加帝腹上。明日，太史奏客星犯御座甚急。帝笑曰：'朕故人严子陵共卧耳。'"故"客星"指严光。"夜壑"谓幽深的山谷，星沉夜壑，指严光离世。尽管人已去，但其垂钓所立之石，仍矗立于江边，俯瞰着春水东流。这一联虚实结合，想象严光事迹为虚，钓台下春流潺潺是实，历史与目下相交，赞美严光斯人已去，然高风永存。颈联写立于钓台之上所见之景。"鸟向乔枝聚"句写鸟儿选择河岸边高大的树木聚集栖息，"鱼依浅濑游"写鱼儿依托水流缓慢的浅濑游聚。这里所写的鸟择乔木、鱼游浅滩，乃是生物的天性，也暗指人各有其志向，终将选择适于自己的人生方式。对于严光而言，他选择了抛弃富贵利禄，洁身自好。其归耕垂钓，是对自己自由天性的坚守。这也引出了尾联诗人的思考。"芳饵"指鱼钩上芳香的诱饵。东汉赵晔《吴越春秋》中说："高飞之鸟，死于美食；深泉之鱼，死于芳饵。"芳饵，也是语意双关，指功名富贵。面对名利，自古至今，又有几人能不动心、不追逐？又有几人能得善终？诗人以反问作结，通过对历史的思考，更加钦佩严光拒绝高官厚禄、不追名逐利的高尚节操。

　　唐人高仲武在其所编的《中兴间气集》中对张继诗歌有"比兴深矣"的评价。《诗学渊源》中也说："继诗多弦外音，适意写心，不求工而自工者也。"这首诗中的"清风"，以及择乔木之鸟、游浅滩之鱼皆有其比喻之意，乃是比兴之法的运用；而张继借游览严子陵钓台所表达的对人之志向、名节的思考可谓是"弦外之音"。

（杨传庆）

唐 佚名 《宫苑图》

发桐庐寄刘员外

严 维

处处云山无尽时，桐庐南望转参差。
舟人莫道新安近，欲上潺湲行自迟。

诗作者

　　严维，生卒年不详，字正文，越州山阴（今浙江绍兴）人。唐肃宗至德二年（757）进士及第，因无强烈的仕进之心，故以家贫且有亲老需要侍奉为由，接受了诸暨尉的任命。大历末年，任河南尉。后迁余姚令，官终秘书郎。严维工诗，与岑参、刘长卿、皇甫冉、韩翃、李端、鲍防等交游唱和。章八元、僧灵澈向其求学，均有名于世。严维曾居于桐庐，与刘长卿交往密切，其诗中名句"柳塘春水漫，花坞夕阳迟"，即出自《酬刘员外见寄》。"刘员外"，即刘长卿。

▌诗赏析

　　这首诗是诗人前往睦州探望刘长卿，从桐庐出发时写给他的。从桐庐到睦州路途不远，却是逆江流而上，故而有舟行缓慢之忧，此诗正是写这样的心情。"处处"句，写诗人举目所见。从桐庐到睦州，群山逶迤连绵，山岭云雾飘动，没有尽头。诗人心里想到的是，此行路途遥远。"桐庐南望转参差"句，写所见山势。"参差"，指山岭高峻不齐。从桐庐向南望去，层峦叠嶂，随山势曲折的江流，必然是弯多而险。上句写路远，此句写难行。"舟人莫道新安近"，"新安"，指睦州治地建德。这一句隐含着诗人与舟人的交谈，诗人问舟子："到新安有多远？"舟子答："很近。"问者心中有情，答者却无意。实际或正如舟子所说，只是诗人先入为主的担心让他不同意舟人之言。想象这一对话场景，情态极为生动，富有画面感。诗末句云"欲上潺湲行自迟"，"潺湲"，指水流缓慢流动的样子。《楚辞·九歌·湘夫人》云："荒忽兮远望，观流水兮潺湲。"诗人逆流而上，行进缓慢，船行自迟。通观全诗，诗人对路远、慢行很担心，甚至有些焦虑。其原因何在？其实是受到了急切心情的影响。诗人想早点见到朋友，这让他觉得路途遥远，担心舟行缓慢。

　　这首诗又记为李穆所作，诗题是《寄妻父刘长卿》。李穆是刘长卿的女婿，刘长卿有《酬李穆见寄》一诗，诗云："孤舟相访至天涯，万转云山路更赊。欲扫柴门迎远客，青苔黄叶满贫家。"其中所写与这首诗的诗意有关联之处，那么这首诗又极可能是李穆从桐庐前往睦州看望刘长卿时所写，两首诗正是翁婿酬和唱答的生动记录。

（杨传庆）

过桐庐场郑判官

施肩吾

荥阳郑君游说余，偶因榷茗来桐庐。
幽奇山水引高步，晔煜风光随使车。
算缗百万日不虚，吏人业里惟簿书。
眼前横掣断犀剑，心中暗转灵蛇珠。
有时退公兼退食，一尊长在朱轩侧。
胡商大鼻左右趋，赵妾细眉前后直。
醉来引客上红楼，面前一道桐溪流。
登临山色在掌内，指点霞光随杖头。
东郭野人慵栉沐，使将破履升华屋。
数杯酩酊不得归，楼中便盖江云宿。
却被江郎湿我衣，赖君借我貂襜归。

诗作者

施肩吾，生卒年不详，睦州分水（今属浙江桐庐）人。元和十五年（820）登进士第，不待授官便东归，后求道归隐于江西南昌西山。施肩吾诗名早著，与当时的诗人张籍、徐凝等均有交往唱和。张籍《送施肩吾东归》一诗对施肩吾家世、经历均有提及："知君本是烟霞客，被荐因来城阙间。世业偏临七里濑，仙游多在四明山。早闻诗句传人遍，新得科名到处闲。惆怅灞亭相送去，云中琪树不同攀。"

▌诗赏析

　　本诗约作于太和年间，诗人居住于故乡七里濑附近，整日寄情于山水，交游唱和。郑判官当为诗人相交好友，惜未详其姓名及生平。判官乃官名，为地方长官的僚属，辅佐长官处理政事。诗题中"过"为探望、拜访之意，孟浩然《过故人庄》与此意同。本诗记述了友人郑君在桐庐任判官的生活及诗人与之交往的情状，体现出诗人与友人旷达潇洒的性格。前两句交代友人郑君的里籍为荥阳（今属河南郑州），因榷茗之制度偶然来到桐庐。榷茗即榷茶，是唐以后实行的一种茶叶制度，官府对茶叶采取征税、管制、专卖等措施。诗题中提到的桐庐场正是盐铁使在浙西的税茶厂，想必郑君担任判官的主要工作就是处理榷茶的相关事务。三、四句写来到桐庐后，郑君被这里随处可见的幽奇山水和辉煌显耀的风光所折服。五、六句转而写郑君公务繁忙。算缗是一种税收制度，桐庐茶叶市场每日需要处理算缗的数额达百万，官吏室内堆积的唯有书簿账册。七、八句又一转，以外在的断犀剑和内在的灵蛇珠称赞友人的才华。相传春秋时隋侯外出见受伤中断之大蛇，派人以药医治；一年后，大蛇衔明珠来报答隋侯。"隋侯珠""灵蛇珠"用来喻指锦绣文才。九、十句写郑君退公兼退食，即公余休息时，会在漆有朱红栏板的檐廊中饮酒放松。十一、十二两句写郑君饮酒时所见各色人等，有胡商左右趋行，前后还伴着赵妾，可见当时高鼻胡商深入江南腹地做生意的热闹场面。十三、十四句写郑君醉意兴起后，邀请友人共同登楼共饮，伴随着桐溪一片秀艳的风光饮酒谈天。十五、十六句继续写楼上共饮时所见之景色，掌内山色、杖头霞光写出了郑君指点江山、挥斥方遒的气魄。十七、十八句写诗人疏于奔波，仿佛东城的野人，脚着破履便登楼饮酒，也体现出郑君潇洒旷达、不拘一格的性格。十九、二十句写诗人与郑君几杯过后酩酊而不能归，便留宿于水边楼上。最后两句，诗人酒醒后发现衣服均已沾湿，幸亏郑君将貂襜借给诗人，诗人才能够体面地回家。貂襜即以貂皮为面料的襜褕，也指华贵之服饰。

本诗脉络清晰，语言典雅而不失活泼，写出了桐溪山光水色之美，以及友人相交真挚潇洒之旷；还给了解唐人生活，研究榷茶制度留下了第一手史料。唐代茶叶交易相当繁荣，当时的桐庐设有专卖市场，是江南茶叶贸易的集散地，不仅全国各地的商贾纷至沓来，而且还有西域胡商的加入。

（闫晓铮）

唐　吴子道《香月潮音纨扇》

观钓台画图

徐　凝

一水寂寥青霭合，两崖崔崒白云残。
画人心到啼猿破，欲作三声出树难。

▍诗作者

　　徐凝，生卒年不详，睦州分水县柏山村（今浙江桐庐县分水镇柏山村）人。与白居易、元稹等有交游，诗艺深得赞许，"白居易分水江畔访徐凝"，也成为一时佳话。另有"荐凝屈祜"的故事广为流传。可见，徐凝虽后世名声不大，但却是中唐一位有成就的名家。徐凝在元和十五年（820）中进士，官至侍郎，但性情淡泊，晚年"归里，优游诗酒以终"。作诗风格"心惊玄远，闲澹孤清，翛然自得于言外"。本诗可谓其代表作。

▌诗赏析

　　这是一首题画诗，是唐代诗画艺术交融的典型之作。本诗从字面上看，首先带有对钓台景色的欣赏与赞叹。遥看，富春江碧波烟云，富春山高耸入云，是作者所熟悉并深爱着的故乡，故他对钓台风景有着与一般游客不同的感悟。桐庐整体地貌以"一江两岸"为最大特征，以山地、丘陵地貌为主。本诗前两句，即可看作这一地貌的生动写照，展示出了作者心中的钓台美景。"青霭"即云的紫气，在古诗词中常与"白云"对举并用，描绘空旷高远的境界。"崔崒"则指山高大险峻的形貌，加以"两崖"，更可见富春山超卓高绝的景致。更进一层，从本诗创作本旨来看，实际上是悼念"因画钓台江山而逝"的画僧道芬上人。道芬，是当时著名的山水画家，善于画松、石，《历代名画记》称其绘画"格高"。徐凝还有一首诗《伤画松道芬上人》，诗里写道："百法驱驰百年寿，五劳消瘦五株松。昨来闻道严陵死，画到青山第几重？"可见道芬在此地，为了绘画钓台山水的意境，耗尽心力，竟然付出了自己的生命。诗中第三句写到"画人心到啼猿破"，这里作者用的是《水经注》中"猿啼三声"的典故，带有一语双关的意味。首先，从自然风景的角度来说，《水经注》"猿啼三声"说的是三峡景色，而富春江素来有"小三峡"的美誉，比拟相当恰切。其次，从审美的角度来说，钓台以超然物外的严子陵闻名于世，是古代隐逸文化的圣地，代表着出尘高洁的品德。而钓台的景致，高猿长啸，空谷传响，是秋天山中一幅独特的风景画，吴融所谓"富春山水非人寰"正与此有异曲同工之妙，令人在自然风景中，对前人的高风亮节生起景仰之情。道芬在这里殚精竭虑地作画，乃至消瘦而死，正是受到钓台山水与严陵故事的感染，而他所绘出的画作，也能够生动地反映出钓台的自然山水之美。但是，绘画终究不同于实景，画中只能绘出群猿在树上啼啸的生存状态，终究不能将其清远的声音完全传达给观者；只有亲临此景，方能有着更加深切的体会，因此才说"欲作三声出树难"。从此角度来看，本诗令人极度向往去钓台观览，实际上起到了对钓台游览的宣传作用。同时，"猿鸣三声泪沾裳"这一典故，暗示着徐凝对道芬上人因画钓台而逝世的哀伤之情。这并不仅仅是一位杰出的画家去世了，而是一位艺术家，为了将钓台景致逼真地描摹出来，殚精竭虑，将他的生命完全贡献给了钓台山水。这既代表了富春山水的魅力，更可以看作古代画家的"工匠精神"和"品质理念"。画家敬业、精益、专注、创新等艺术精神，丰富了钓台的文化内涵。

（张昊苏）

富 春

吴 融

天下有水亦有山，富春山水非人寰。
长川不是春来绿，千峰倒影落其间。

▌诗作者

吴融，生卒年不详，越州山阴（今浙江绍兴）人。昭宗龙纪元年（889）进士及第，此后宦海浮沉，经历了几番起落，卒于翰林承旨任上。吴融与桐庐诗人方干相交好，方干人品、学问俱佳，但却屡试不第，浙东观察使王龟打算向朝廷推荐方干，托吴融草拟奏章。遗憾的是，后来王龟因病去世，此事未能成功。

诗赏析

　　吴融常常游览桐庐，颇为欣赏富春山水，有两首题为《富春》的诗。诗题"富春"指富春江，在浙江省中部。富春江名扬天下，两岸峰峦叠嶂，江水秀丽富艳，沿江有鹳山、天子冈、桐君山、严子陵钓台、谢翱墓、双塔凌云等自然、人文胜迹。吴融二诗写泛舟富春江所见的秀美风光，题目虽同，体裁却并不相同。

　　一首是七言律诗，诗曰："水送山迎入富春，一川如画晚晴新。云低远渡帆来重，潮落寒沙鸟下频。未必柳间无谢客，也应花里有秦人。严光万古清风在，不敢停桡更问津。"首、颔联描写富春江风光；颈联用"谢客""秦人"之典，谢客是南朝山水诗人谢灵运，秦人即陶渊明《桃花源记》中所写"不知有汉，无论魏晋"的隐逸之人。尾联写严光万古清风依然在，自己不敢停船相问；不过诗人并没有说明"不敢"的原因，需要读者去玩味体会。

　　另一首是七言绝句，即为本诗。第一句"天下有水亦有山"，起首阔大，然而所言为人人尽知之事，简单至极，似乎又无理至极。第二句，"富春"点题，"山水"又扣住首句所写内容，紧接着以"非"字否定"人寰"。人寰即人世、人间之意。言富春山水非人间所有，极言其风光之美，此句一出，则上句有了着落，看似毫无道理地网罗天下所有山水胜景，却是为了在此句中盛赞富春山水。上句仿佛铺开一片广袤平原，平原上空空荡荡，下句则似一座高楼拔地而起，直入云霄，本诗所咏之富春山水顿时挺立其间。二句上天入地，与老杜"此曲只应天上有，人间能得几回闻"有异曲同工之妙。元人吴桓《富春舟中》首联"天下佳山水，古今推富春"与这两句意思相近，然首句似乎无本诗这般阔大，第二句又无本诗这般挺拔。本诗后两句用景物描写印证前两句的议论。第三句中"长川"即富春江，"春来绿"是用来描写江水之美的语汇，如白居易的"春来江水绿如蓝"。本句以中间的"不是"更进一层，是说富春江之美并非直接由春天染绿，而是第四句所写"千峰倒影落其间"。江边之山层峦叠嶂、草木茂盛，澄澈的江水倒映出青翠的群山，山与倒影相对，倒影中的山又与水融合为一，富春江之水由澄澈而碧透。置身如此山水之间，正如韦庄所谓"水碧山青画不如"，怎能不令人陶醉。

（闫晓铮）

宋朝

宋 赵佶《听琴图》（局部）

桐江咏

田 锡

桐溪湛湛见游鳞，摇落枫林绕水滨。
秋色数行沙上雁，残阳一簇渡头人。
蓝鲜斤竹过深涧，雪吼寒潮入富春。
俱是谢公吟咏地，伊余何以寄芳尘。

▌诗作者

　　田锡（940—1004），字表圣，嘉州洪雅（今属四川眉山）人，北宋初期政治家、文学家，在当时享有崇高声誉。他去世的时候，"范仲淹作墓志铭，司马光作神道碑，而苏轼序其奏议亦比之贾谊"。田锡的诗善于书写幽雅意境，与当时长于写作山水诗的"九僧"关系密切。

▌诗赏析

宋太宗太平兴国八年（983），田锡出任睦州（今浙江建德）知州，政绩卓著，极大促进了当地文化的繁荣。在这里，田锡写作了不少山水田园诗，其诗风也有相当的变化，在秀丽细腻之外，又别有一种大刀阔斧的气概，有学者认为这可以归因于桐庐山水所赐。本诗写桐庐秋季的景色，桐溪的水异常清明澄澈，可以看到鱼儿在水中游来游去，悠然自得。水边有枫树林，秋深时，红色的枫叶逐渐凋落，令诗人生起对世事的感伤和思考。首联中的"摇落"乃出自宋玉《九辩》的"悲哉秋之为气也！萧瑟兮草木摇落而变衰"，以及杜甫《秋兴八首》其一的"玉露凋伤枫树林，巫山巫峡气萧森"。正如杜甫《秋兴八首》的风格一样，本诗的情绪如波浪形，高低起伏，既有诗人的悲秋之情，又有政治家的阔大之思。如此秋色，当然不免寥落萧条，但作者不停留在小的细节上，所见辽远乃沙上南飞的几行大雁，以及残阳下聚集在渡口的人群。在诗人的心中，他与自然融为一体，大雁也好，人也罢，都只做几笔勾勒，不详加细写，于是天下尽在心中，可见其胸襟不同凡响。羁旅之客，将往何方？颈联做了推测。"斤竹"是通俗写法，古文中常写作"堇竹"。《竹谱》称其"坚而促节，体圆而质坚，皮白如粉，大者宜行船，细者为笛"，可见这是一种相当优良的竹子，中实而强劲。雁荡山南有斤竹涧（在今浙江乐清市东），即以此为名，今又写作"筋竹涧"。过此之后，天气将越来越寒冷，而山中气温比城市更低，富春江也将进入冬季了吧！山水诗人谢灵运有《从斤竹涧越岭溪行》《富春渚》等诗作，都相当有名。其中《从斤竹涧越岭溪行》一诗里有"情用赏为美，事昧竟谁辨？观此遗物虑，一悟得所遣"语，吴小如先生解释说，人的感情是由于观赏景物而得到美的享受的。至于深山密林之中是否有"山鬼"那样的幽人，则蒙昧难知。不过就眼前所见而言，已足可遗忘身外之虑；只要对大自然有一点领悟，便可把内心的忧闷排遣出去了。本诗作者田锡大概是想起了谢灵运在这些地方都有吟咏，而且全都成为文学史上具有重要意义的名篇，又思考他诗中这种思想、情感，深深为之折服，于是心向往之。末句"伊余何以寄芳尘"是说，我如何才能追步前贤的踪迹声誉呢？此言寄托悠远。谢灵运对桐庐的吟咏，引发了田锡的共鸣；而田锡的吟咏又成杰作，至今依然不朽。这样的代代相传，就是中华优秀传统文化的价值，也是叶嘉莹先生所说中华诗教中"感发的生命"。

（张昊苏）

满江红·桐江好

柳 永

　　暮雨初收，长川静、征帆夜落。临岛屿、蓼烟疏淡，苇风萧索。几许渔人飞短艇，尽载灯火归村落。遣行客、当此念回程，伤飘泊。　　桐江好，烟漠漠。波似染，山如削。绕严陵滩畔，鹭飞鱼跃。游宦区区成底事？平生况有云泉约。归去来、一曲仲宣吟，从军乐。

▌词作者

　　柳永（约987—约1053），原名三变，字景庄，后改名永，字耆卿，因排行第七，又称柳七，崇安（今福建武夷山）人，北宋著名的词曲作者。他通晓音律，在词的内容、形式领域均有建树，在当时形成了"凡有井水处，即能歌柳词"的盛况。

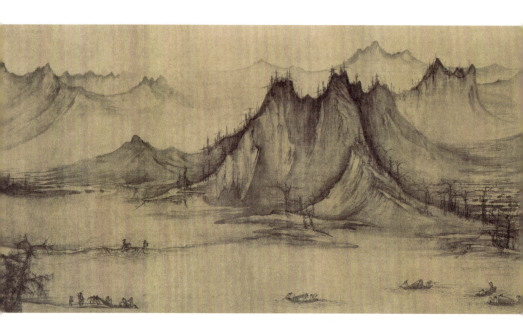

词赏析

《满江红》双调九十三字，前段八句四仄韵，后段十句五仄韵，有平韵、仄韵两体，以柳永这首词为正体。这首词直抒作者对羁旅行役生涯的厌倦疲惫之情，表现对隐居生涯的向往，通篇叶入声韵，应格外体会和婉文字背后时而出现的激切情感。

这首词的上阕从写景到抒情，脉络清晰，以眼前所见的萧瑟景色起笔。"蓼烟疏淡，苇风萧索"提示我们时值秋季，"暮雨初收、长川静、征帆夜落"，傍晚的雨刚刚停歇，长河一片平静，远行船上的帆已落下；"临岛屿"，船纷纷靠近岛屿停泊下来，疏淡的烟笼罩着水蓼，萧素的风吹拂着芦苇，勾勒出一幅长川秋景图。这时作者看到"几许渔人飞短艇，尽载灯火归村落"，多少渔夫迅速驾驶自己的小船回

北宋　许道宁《渔父图》（局部）

家，远远望去，船上的灯火都回归到了村落之中。"飞"字洗练极精，通过小船飞驶的外在形态活画出渔人归心似箭的心态；"尽"则呼应"飞"，突出很短的时间内所有的渔船都回家了。转眼之间，所有喧嚣皆已退却，只有远行的作者无家可归。"行客"指远行的客人，是作者的自指；"遣"，使、令之意。眼前的一切让作者"当此念回程，伤飘泊"：看到此情此景，不禁生出强烈的思家之情，自伤寥落，感慨漂泊。

　　下阕依旧重复上阕的脉络，但有所升华。当作者再次从桐江景物起笔，情调已然不同，"桐江好，烟漠漠。波似染，山如削"，四个三字句连用，勾勒出桐江宛若水墨画一般的胜境，属静态描写；而"绕严陵滩畔，鹭飞鱼跃"，围绕着七里滩，白鹭和游鱼跳跃飞翔，又为这幅画点染上了生气。下阕景色的季节性已不明显，并非上阕的简单重复。如果说上阕是眼前所见的实景，带有现实感和烟火气；那么这里的景物描写就寄托着作者的归隐理想，带有一股神仙气。曾经让严光隐居的地方，该富有怎样的灵气？

面对这样的神仙居所，那是"游宦区区成底事"。四处求仕谓之"游宦"，作者为了实现自己的理想不断漂泊，最终做成了什么事？"区区"体现出其对游宦生涯的否定，这和"忍把浮名，换了浅斟低唱"中将一心所求而不得的功名理想形容为"浮名"的心态一致。而如果及时放弃这种生活，"平生况有云泉约"，这一生还可与美丽的景色有约。"云泉"即代指眼前的美景，"云泉约"将归隐生活写得恬淡而浪漫。在这种心思下，结句也就呼之欲出了："归去来"化用自陶渊明的《归去来兮辞》，作者和陶渊明一样，感慨"归去来兮，田园将芜胡不归？既自以心为形役，奚惆怅而独悲？悟已往之不谏，知来者之可追。实迷途其未远，觉今是而昨非"。而这时，作者高歌一曲王粲的《从军行》。仲宣是汉末建安七子之一的王粲的字，因一篇《登楼赋》被曹操赏识，曾作《从军行》五首。《从军行》为乐府曲调名，是可以唱的。

柳永生性浪漫又心怀壮志，这种矛盾的性格使他一生仕途坎坷，不断在仕与隐之间挣扎。年轻时求仕不得，安慰他的是"浅斟低唱"，是"意中人"；年纪稍长，便是七里滩风景所代表的隐士精神。

（蔡　雯）

潇洒桐庐郡十绝

范仲淹

潇洒桐庐郡，乌龙山霭中。
使君无一事，心共白云空。

潇洒桐庐郡，开轩即解颜。
劳生一何幸，日日面青山。

潇洒桐庐郡，全家长道情。
不闻歌舞事，绕舍石泉声。

潇洒桐庐郡，公余午睡浓。
人生安乐处，谁复问千钟。

潇洒桐庐郡，家家竹隐泉。
令人思杜牧，无处不潺湲。

潇洒桐庐郡，春山半是茶。
新雷还好事，惊起雨前芽。

潇洒桐庐郡，千家起画楼。
相呼采莲去，笑上木兰舟。

潇洒桐庐郡，清潭百丈余。
钓翁应有道，所得是嘉鱼。

潇洒桐庐郡，身闲性亦灵。
降真香一炷，欲老悟黄庭。

潇洒桐庐郡，严陵旧钓台。
江山如不胜，光武肯教来。

▎诗作者

范仲淹（989—1052），字希文，吴县（今属江苏苏州）人，北宋著名思想家、政治家、文学家、军事家。其"先天下之忧而忧，后天下之乐而乐"的千古名句，妇孺皆知，影响深远。

北宋 李成《晴峦萧寺图》

▌诗赏析

　　"潇洒桐庐"可以说是范仲淹留给桐庐的一张最瞩目的名片。景祐元年（1034），范仲淹因直言进谏，被贬出京，任睦州知州，两个月后，便被转为苏州知州。就在这短短的任期内，范仲淹访问了这里的名胜古迹，亲近桐庐山水，写下了不少与桐庐相关的诗、文，直到今天还为后人所称颂传扬，他也被称作"范桐庐"。他修建严陵祠堂，曾作《严子陵先生祠堂记》，末后两句为"先生之德，山高水长"。有一人说，"德"字不如改作"风"字，范公欣然从之，"风"字显然更加潇洒。《潇洒桐庐郡十绝》是一组绝句，共十首，每句都以"潇洒桐庐郡"开头，令"潇洒桐庐"之名反复出现，名扬四海，深入人心，后来南宋诗人杨万里的《舟过桐庐》等诗也是效法于此。从内容看，诗人来到桐庐，虽然官职被贬，已不在政治中心，但恰好因祸得福，能够远离朝堂上的党争与小人的陷害，寄情于桐庐空灵的山水，过上了自由自在的潇洒生活，体现出超然物外的高尚情怀。第一首诗是整组诗的核心。诗人在乌龙山中居住，办公的公署就在乌龙山泉流经之道，自然地理相当优越。他看着天上飘过的白云，无一事萦绕心头，真是何等自在的状态。因此第二首就说，山间生活美好，打开窗户就心花怒放，每天面对着青山，真是人生中最大的幸福了。比起李白那首著名的《独坐敬亭山》，本诗"仙气"不足，但却有更多的人间烟火气息，代表了诗人对田园生活的热爱之情。所谓"闲"，与其说是无事可做，不如说是一种脱离了人际关系的钩心斗角，而可以专心做自己想做的事情，工作时间完成公务，节假日则与家人共享生活的乐趣。按第三首的说法，连音乐歌舞都不必欣赏，只要有泉水叮咚的天籁就足够愉悦了。第四首也是沿着这个思路来写的，诗人自道：尽职尽责地完成公务后，美美地睡一个午觉才是最幸福安乐的，根本不必关心拿多少俸禄。因为人与自然的和谐相处，享受大自然的美，比起那些金钱、官职、浮名要更有价值得多。但要说明的是，这种美好的享受绝不是逃避现实责任，故后面几首诗描写了诗人对当地百姓日常生活的观察。这代表着作为一个地方官员，他高度重视人民的幸福，在自己的职位上恪尽职守，其所谈的幸福生活，是与百姓共享的，并不是一己的纵情享乐或者社会特权，由此可见范仲淹作为一位大政治家的优秀政治品德。有一副非常著名的对联说："得一官不荣，失一官不辱，勿道一官无用，地方全靠一官；穿百姓之衣，吃百姓之饭，莫以百姓可欺，自己也是百姓。"范仲淹在"潇洒桐庐"的潇洒生活，也应作如是观。因此，如第五首诗里说"家家竹隐泉"，是说当地每户人家的生活环境都很美好。第六首谈"春山半是茶"，吟咏新年春茶的丰收，既能闲适地品茗，又能看到茶农丰收，经济富足，是何等的快乐。第七首接着就说道，此地生活的烟火之气浓厚，人民安居乐业，家家都能建造雕饰华丽的楼房，一起登上木兰舟，采莲嬉戏。第八首至第十首，则又说回这里最有名的文化典故：严陵钓台。正是因为此地江山优美，清潭百丈，才令严子陵选择在此隐居垂钓。如此，自然环境与历史文化的学理关系，官员、士人与普通百姓，虽身份不同，但命运相连，也就呼之欲出了。

（张昊苏）

宿桐庐县江口

张伯玉

桐庐江水碧，百丈见游鱼。
元是新安水，流从下濑初。
清风寒到底，明月静涵虚。
尘土谁难濯，人心自不知。

▋诗作者

张伯玉（1003—约1068），字公达，建安（今福建建瓯）人，北宋名宦。深受范仲淹的器重，但因得罪宰相陈执中，虽富高才，未得重用。其文章也相当出色，唐宋八大家之一的曾巩相当佩服他。

▌诗赏析

张伯玉早年、晚年均曾任职睦州知州，本诗应是他晚年任职睦州时所作，故除了体现出对桐庐山水的熟悉与深情外，也带有一丝感伤情绪。首联用夸张的手法写桐庐江水的清澈，可以清清楚楚地看到水中游鱼，与田锡《桐江咏》中"桐溪湛湛见游鳞"的意思相近。"百丈"乃极言水的深，与李白"白发三千丈""飞流直下三千尺"等都是同样的修辞手法。从内容来说，范仲淹《潇洒桐庐郡十绝》就写了"潇洒桐庐郡，清潭百丈余。钓翁应有道，所得是嘉鱼"，诗意与之相互呼应。颔联则用"流水对"的技巧写富春流水的奔涌迅疾——浙江即新安江，发源于安徽休宁，流入浙江桐庐、富阳一段，则被称作富春江；其中，桐庐县严陵山迤西的一段所经急流叫作"七里濑"，亦名"七里滩"，更是这一段的胜景，也是历代诗人所吟咏歌颂的对象。诗人住于桐庐江口，所见是此地清澈的江水、活泼的游鱼，但所思却是大江流经的各个地方。这可见诗人作为睦州的地方官员，对当地自然风景、地理情貌的熟悉。同时，此处还带有对自然风光的兴发感动：江水的奔涌不息，就仿佛诗人波澜起伏的政治生涯，不论前面如何壮阔，终于在桐江暂且休止，进入相对平静的状态，但所保留者，则是从始至终都不变的清深高致。后两联则是写此地的清冷寂静之情，将所见景色与人生感悟结合起来，感情并不一味追求浓烈，却真挚动人。"清风寒到底"既是秋天转凉的实际感受，同时也是诗人晚年回顾仕途坎壈的伤感与叹息。不过，第六句接着笔锋一转，写道"明月静涵虚"，显然化出于孟浩然《望洞庭湖赠张丞相》的"涵虚混太清"，指清澈的江水映射着天上的明月。"静"字作为诗眼，可见诗人淡泊的心态、豁达的胸襟——正所谓"豪华落尽见真淳"！尾联"尘土难濯"，在字面上与前文的清澈江水切合，而实际指的是尘世间有着太多的庸俗肮脏，是诗人希望尽力解决，却终于失败的。他最终感叹事业的挫败，只好说一声："人心自不知。"归宿于此心安处！诗人晚年任职睦州，从桐庐江水中悟出人生的哲理，令本诗体现出不一样的况味。挫折是人生必须面对的现实课题。天地有大美而不言，却会给我们以提示、以启发，告诉我们面对挫折应该有的人生选择。诗人就是在桐庐山水之畔，省思一生境遇，更加坚定了自己不同流俗的高洁志趣，而又没有怨天尤人，有着一颗"明月静涵虚"的平常心。高雅之士爱在桐庐吟咏，而桐庐的山水风光和历史文化又为诗人的道德文章提供了思想资源，这绝不是偶然的。

（张昊苏）

钓　台

范师道

乾坤交泰重弥纶，当日严陵道最淳。
大汉中兴得英主，先生高退作闲人。
滩头风月遗千古，台上纶竿寄一身。
今日病夫祠下过，独知疲懦长精神。

▌诗作者

范师道（1005—1063），字贯之，长洲（今江苏苏州）人。范仲淹的侄子，北宋著名政治家，官至龙图阁直学士，以直言敢谏闻名。

▌诗赏析

本诗是典型的宋诗风格，以议论为诗，纵谈严子陵的高风亮节，体现出不凡的气势，深具政治家的风范。我们都知道，严子陵是隐士文化的典型代表，但归隐山林与关怀世事、为公奉献是否矛盾呢？诗人给出了相当有说服力的贯通论证，本诗也因之成为吟咏严子陵的名篇。这是一首七律，首联用《周易》泰卦为例，说儒家政治哲学中天地交泰、阴阳和平的道理。这在贯休《上孙使君》诗里也有类似表达："圣主得贤臣，天地方交泰。"指向乃是君臣上下同心，交流顺畅，共同实现善治，为民造福，是经纬弥纶天地之伟业。在这样的大背景下，诗人却说"当日严陵道最淳"——如此太平盛世，甚至说在数千年的历史长河中，最为敦厚淳朴的并非他人，而是不慕荣利、甘心归隐的严子陵先生！何以如此呢？本诗中间两联有具体的论证。颔联说当时的汉光武帝建立了东汉王朝，是历史上罕有的英明君王，严子陵在这样的社会背景下选择高卧退隐，做太平闲人，是恰得其所。《论语》当中有一篇著名的"侍坐篇"，讲的就是孔子及其四位弟子的不同志向。前三位弟子都想要解决社会难题，但曾皙却说希望过上与三五好友一起春游、"咏而归"的日子，得到了孔子的赞赏。其中一个原因或许就是，这种生活方式代表着社会安定，人民普遍幸福，因此才有悠然自得生活的可能性，这代表着大同社会的结果。颈联则是从另一个角度开展论述的，世俗的得失名利只是一时的，但滩头的清风明月、自然的无限风光却是千古不变的。在这桐庐钓台之上，严子陵孑然独立，寄托生涯，形成高洁的道德象征，这种影响也超越一时的得失，影响到千百年来的人们，其历史价值不是更大吗？国学大师钱穆先生说，中国历史有一大传统，是认为这些归隐的、超功利的人更加了不起，其价值往往高于那些在政治或商业上有建树的成功人士。他评价严子陵说："这一番故事，虽若有表现，只可说是无表现，亦可谓是表现了其无表现，此等更说不上得志与成功。……惟有立德之人，只赤裸裸是此人，更不待事业表现，反而其德可以风靡后世。在严子陵本人当时，只是抱此德，但经历久远，此德却展衍成风。"这个评价是相当深刻的。范仲淹的《严子陵先生祠堂记》和本诗，实际上都在讨论这样的思想问题。尾联诗人自称"病夫"，说自己路过严陵祠堂，本来身体虚弱、精神衰退，但被其道德人格所激励，不由振起兴奋，正是用亲身体悟来说明严子陵道德模式的重要意义。严子陵的当代意义，核心在于他的道德标准，对国家、民族和历朝历代的有识之士都产生了重要影响，这种精神的力量是伟大而无穷的。

（张昊苏）

严陵祠堂

王安石

汉庭来见一羊裘，默默俄归旧钓舟。
迹似磻溪应有待，世无西伯可能留。
崎岖冯衍才终废，索寞桓谭道不谋。
勺水果非鳣鲔地，放身沧海亦何求。

▍诗作者

　　王安石（1021—1086），字介甫，号半山，临川（今属江西抚州）人，北宋著名的政治家、文学家、思想家。由其发起的北宋熙宁变法，在历史上有相当重要的地位。其诗文风格健拔，为"唐宋八大家"之一。

北宋 范宽《溪山行旅图》

▍诗赏析

　　本诗是一首相当有特色的咏史诗，也是《王安石集》中的名篇。它借严陵祠堂这一历史故事来抒发个人情感，具有鲜明的思想个性。这种"翻案"式的咏史诗，以能发前人所未能发为优，体现了作者的创新能力、批判精神与历史洞察力。严陵祠堂在富春山下，是范仲淹所建。王安石是范仲淹的晚辈，但两人都锐意改革，是当时革新派政治家，不乏近似之处，本诗可以看出两人的同中有异。

　　严子陵衣着简朴，披着羊裘在大泽中垂钓；见过汉光武帝刘秀之后不久，便默默归来，重操垂钓的旧业。在一般人眼中，这是严子陵不慕荣利、不畏权势、甘心归隐的高洁品行，但在王安石眼中，这只是表面现象，不足以曲尽严子陵的超凡脱俗。颔联是说，严子陵其实是在效仿隐居垂钓的姜太公——姜太公在磻溪隐居垂钓，直到八十岁时遇到周文王，才决定出山，协助他推翻无道的昏君商纣王，振兴周王朝八百年的大业。姜太公八十岁以前不出山，并不是因为他能力有限或不关心社会，而是因为没有合适的机遇，没有遇见能够真正任用人才的君主，于是等待时机。王安石认为，严子陵归隐山林，是因为汉光武帝还不能真正用人：当时有年少成名的冯衍，屡遭谗言，一生不得志，只能闭门自保；还有大哲学家桓谭，因为反对谶纬等迷信之学，几乎遭到杀身之祸，最终死在了被流放外遣的路上。王安石说，如此的政治生态，对人才是不利的，就好像是一小勺那么少的水，怎么可能容得下大鱼呢？严子陵这样的人，就像是大鱼，当然要回归自然，在大海之中自由自在地遨游了。

　　本诗认为严子陵看似是个不关注现实的隐士，实际上有着积极入世之心，只是没有机会施展自己的才能。其根本的宗旨是通过隐居这一手段，来批评汉光武帝刘秀，实际上也是表达了对一切不能任用人才的帝王有所不满。当下中国的伟大复兴需要给人才提供发挥才能的空间。在封建时代，由于历史局限性，有些人才不得任用，命运坎坷，他们热切期望能有一个人尽其才的新时代，并努力为之奋斗，这是中华民族始终自强不息的重要原因，也是本诗的历史深刻性和当代价值所在。

（张昊苏）

送江公著知吉州

苏　轼

三吴行尽千山水，犹道桐庐更清美。
岂惟浊世隐狂奴，时平亦出佳公子。
初冠惠文读城旦，晚入奉常陪剑履。
方将华省起弹冠，忽忆钓台归洗耳。
未应良木弃大匠，要使名驹试千里。
奉亲官舍当有择，得郡江南差可喜。
白粲连樯一万艘，红妆执乐三千指。
簿书期会得余闲，亦念人生行乐耳。

▌诗作者

　　苏轼（1037—1101），字子瞻，一作和仲，号东坡居士，四川眉山人，北宋著名的文学家、书法家、画家，官至礼部尚书。其诗与黄庭坚并称"苏黄"；其词与辛弃疾并称"苏辛"；其散文与欧阳修并称"欧苏"，为"唐宋八大家"之一。

▌诗赏析

本诗是苏轼送别好友江公著赴任吉州知州的送别诗，作于宋哲宗元祐六年（1091）。江公著，字晦叔，睦州桐庐人（一说建德人），宋英宗治平四年（1067）进士，历任洛阳尉、陈州通判、庐陵太守、吉州知州、虔州知州等，是苏轼的好友，两人多有唱和。直到苏轼晚年，建中靖国元年（1101）受赦北返，还受到过江公著的招待，并写诗相赠。

苏轼这首送别诗，风格潇洒，感情深挚，在其作品中亦属佳作。起句即歌颂桐庐山水之美——作者游览过了江南地区的千山万水，反复品味，还是觉得桐庐山水最为清秀优美。地灵人杰，在这样优渥的自然环境中，自然涌现出了不少杰出人才。如在乱世的时候，有严子陵这样的隐士"狂奴"，他能不与世俗同流合污，不谄媚有权势的政客，选择归隐山中，垂钓幽居，成为后世士人道德的典范；在社会安定的时候，又涌现了江公著这样才行出众、风度翩翩的士大夫。苏轼接着用了"洗耳"的典故写道，我本想来你清贵的官署庆祝，却听说你并不算开心，原因是不舍得离开风景秀美的家乡桐庐，想要效仿严子陵归隐钓台，安养年迈的双亲，淡泊度日。此处苏轼有劝说好友之意：优秀的人才终究不会被埋没。此时江西吉州那边需要你发挥政治才能，"小家"不妨暂时服从于"大家"的需要，这是一件可喜的事情。这里其实反映了两种不同的观念：江公著开始想的是，自己年事渐高，父母更加年迈，因此需要尽到家庭责任，发扬家风美德，正所谓"天下之本在家"；而苏轼则认为，这只是其中一个角度，当国家有需要的时候，应该适当放下个人得失，舍小家、顾大家，意义更加重大。苏轼担心江公著会思念家乡、挂心父母，因此又特别开解说，吉州那边经济繁荣，娱乐文化也非常发达，在工作闲暇的时候可以适当休息一下，这样的人生也是快乐的！

本诗虽然是赠给好友的，但也反映了苏轼的人生境界和生活态度。他一生都坚守着自己心中的信仰，所以才能够坦然接受因坚持本心所带来的一切后果，从来不曾后悔或怨怼。正因如此，面对挫折，他不屈不挠，面对苦难，他乐观豁达，不论沐浴着荣光，还是经受着困苦，他所秉持的人生态度无不闪耀着人性的光辉。得意时不骄不矜，失意时不卑不亢，超然坦荡，始终不改天真质朴的赤子本心，试问，这样的人格魅力怎不教万千文人为之深深倾倒？

（张昊苏）

北宋　苏轼（传）《枯木怪石图》（局部）

满江红·钓台

苏 轼

　　不作三公，归来钓、桐庐江侧。刘文叔、青眼不改，故人头白。风节倘能关社稷，云台何必图颜色，使阿瞒、临死尚称臣，伊谁力！　　登钓台，初相识。渔竿老，羊裘窄。除江山风月，更谁消得？烟雨一竿双桨急，转头不分青山隔。叹鼻端、不省利名膻，京华客。

▌词作者

　　苏轼（1037—1101），字子瞻，一作和仲，号东坡居士，四川眉山人，北宋著名的文学家、书法家、画家，官至礼部尚书。其诗与黄庭坚并称"苏黄"；其词与辛弃疾并称"苏辛"；其散文与欧阳修并称"欧苏"，为"唐宋八大家"之一。

▍词赏析

这首《满江红》为仄韵体，押入声韵，情辞激切。关于此词的作者，一直都有争议，有人认为是苏轼，而大部分论者则认为这首词的作者已不可考。

这首词通篇歌咏桐庐风物所承载的隐士精神。词的开篇即以七里滩的名人严光的口吻起笔，严光不仅少有才名，而且和汉光武帝刘秀有少年情谊。刘秀登基后，一心延请严光辅佐自己，"三公"为古代中央最高官衔的合称。对于从来无意充当最高领袖的传统士人而言，"三公"是实现内心理想和志意的高位，亦可谓人生巅峰。但是严光却多次拒绝汉光武帝的邀请，"归来钓、桐庐江侧"，隐居在桐庐江畔七里滩垂钓。"刘文叔"即刘秀，字文叔，指汉光武帝。"青眼不改，故人头白"，"青眼"指对人的喜爱和器重。相传阮籍能为青白眼，见到喜欢的人就青眼相对，反之则用白眼，这里是说刘秀对严光的态度一生未变，礼遇有加，直到严光八十岁在家中去世，光武帝还很惋惜，御赐了"钱百万，谷千斛"。严光生前死后的荣耀可见一斑。

由此，作者直笔写出自己的价值判断——"风节倘能关社稷，云台何必图颜色"，如果能像严光这样名标青史，给予后人人格垂范和精神感召，甚至比真正建立现世功业还要伟大。"云台"是汉代宫中的高台名。汉明帝因追念刘秀身边的开国功臣，建南宫云台，挂二十八名将图画，后世遂以云台泛指纪念功臣名将之所。范仲淹有诗云"世祖功臣三十六，云台争似钓台高"，就有意将云台和钓台相比较。仕与隐是古代诗人所面临的人生选择，儒家主张进取，道家则更以退守为上。虽然严光一心拒绝做官，没能位列云台，但是隐居钓台的他却似乎拥有更高的声名。此时作者身处钓台，显然在价值判断上认为钓台或许高于云台，能够发挥巨大而无形的力量，甚至可以"使阿瞒、临死尚称臣，伊谁力"。"阿瞒"即曹操的小名，一生没有称帝，作者认为就是因为受到严光"风节"的感召。无论这个结论是否有据，都能看出诗人在这里对桐庐风景所承载的隐士精神的心向往之和全力讴歌，对于严光的选择，作者给予了最高评价。

　　下阕承上阕来写隐士生涯："登钓台，初相识。渔竿老，羊裘窄。"当年严光就是隐姓埋名，披着羊皮做的衣服垂钓于七里滩。因此，后世"鱼竿""羊裘"皆可代指隐者或隐居生活。从此以"江山风月"为伴，在烟雨中行船垂钓为生，不知名利为何物。尾句使用了通感的手法，调动人的嗅觉感受："叹鼻端、不省利名膻，京华客。"作者认为名利的味道是"膻"的，"膻"原指羊肉的气味，也泛指臊气，令人嫌恶，作者借此形象地表达出对名利的厌弃。

　　这首词一气呵成，赞颂了钓台所代表的隐士精神，虽少婉转之致及跌宕之趣，但是形象地表达出作者对隐士生活的赞颂和憧憬。

（蔡　雯）

北宋　范宽（传）《雪景寒林图》

舟过严陵滩将谒祠登台舟人夜解及明已远至桐庐望桐君山寺缥缈可爱遂以小舟游之二绝（其一）

苏　辙

扁舟匆草出山来，惭愧严公旧钓台。
舟子未应知此恨，梦中飞楫定谁催。

▍诗作者

苏辙（1039—1112），字子由，号颍滨遗老，四川眉山人，北宋著名的政治家、文学家、思想家，"唐宋八大家"之一，与其父苏洵、其兄苏轼并称为"三苏"。苏辙性格比起苏轼更加内敛，故仕途相对顺遂，位列当朝执政。

▌诗赏析

这首诗的内容通俗易懂，但题目极长，在宋诗中颇不多见。为称引便利，有的版本也写作"望桐君山寺二绝"，本书仅选其中第一首。本诗题"舟过严陵滩将谒祠登台舟人夜解及明已远至桐庐望桐君山寺缥缈可爱遂以小舟游之"，意思是说，苏辙本想乘舟游览钓台，拜谒严子陵祠堂，但"扁舟匆草出山来"，作者乘一叶小舟出行，旅途走得仓促，由于时间比较紧张，舟子连夜赶路，夜里就渡过了严陵滩，等到次日天明，已经到达桐君山。对此，诗人有些遗憾，因此感叹"惭愧严公旧钓台"。这是否该归咎于舟子呢？诗人并没有如此想，他豁达地猜测，舟子只是个普通的劳动者，他的职责是服务于赶路的进程，哪里会专门停下来去思考诗人心中特殊的文化情怀呢？舟子"未应"知此，而文人也"未应"以此苛责他人。或许，是桐君山寺在梦里召唤诗人，因此不知不觉地越过严陵钓台，来到了此地吧。诗中有一种淡淡的遗憾，但又并不执着于此，世事本来不易完全圆满，此处的失去也许标志着下一刻的获得，这是诗人在这里想要告诉我们的道理。末句"梦中飞楫定谁催"将这种缘分归于冥冥注定，带有一些幽默的趣味。在第二首绝句中，诗人感到"桐君山寺缥缈可爱，遂以小舟游之"，正是这样一种先抑后扬的美丽情趣，故吟咏道："严公钓濑不容看，犹喜桐君有故山。多病未须寻药录，从今学取衲僧闲。"失去了登览拜谒严公祠堂的机会，但是恰好可以来到桐君山寺拜访一番，追想神话传说中黄帝的大臣桐君采药的故事，再品味一下这里深厚的佛教文化，也算是不虚此行了。桐庐山水，无处不秀美动人，任君行到哪一处，都有着深厚的人文底蕴，令人流连忘返。对外地旅客来说，游览时间终究有限，难以久居，不易遍览，当然是一大遗憾；但无处不是美景，也有好处，那就是可以不必拘泥于为特定景点"打卡"，任意观览更是一种自由自在的闲适与愉悦，内心可因此而愈发静谧、惬意起来，不论到哪里都会有欣喜乃至惊喜之情。现在社会往往有"浮躁病"，保持内心的宁静几乎成为一种"奢侈品"，假期旅游，往往人潮扎堆，匆忙在各种"网红景点"拍照打卡赶场，辛苦不堪却所得甚少，这其实失去了古人纵情山水的快乐与悠闲。其实，"人生有味是清欢"，细细品味大自然给予人们的馈赠，能够获得一种简单朴素的快乐，才是自然山水带给人们的真谛，而有着这样精神气质的人们，才能够在工作中沉下心来，成就真正有意义的事业。孟子说过："夫物之不齐，物之情也。"游玩也好，工作也好，都要顺势而为，顺其自然，这样一种包容并蓄的心态，是中国传统文化、古典哲学给我们的思想遗产，也是我们在面对当下多元文化并存的世界观时所应有的态度。

（张昊苏）

望钓台

王岩叟

桐江快人眼，江水绿于苔。
一棹中流去，千山两岸来。
风摇黄叶落，潮卷白沙开。
欲问严陵事，云中望钓台。

▌诗作者

王岩叟（1043—1093），字彦霖，大名府清平（今属山东临清）人，北宋政治家。仁宗初年成为三元及第的状元，曾任监察御史、吏部侍郎等。为人刚正廉洁，名声卓著，是当时朝廷重臣。

树绕鱼童溪
雨涂楼阁仙
居家上居不
籍松栖闲致
仙真山早见
气如荟
己印春月
尚怿

北宋 郭熙《早春图》

▍诗赏析

　　这首五言律诗是写诗人在桐江中乘船，远望钓台的情景。诗人开言即直指桐江景色令人愉快，江水碧绿，感到心旷神怡。"绿水"是古人常提及的典故，如我们熟悉的骆宾王《咏鹅》就有"白毛浮绿水"之句，本诗"江水绿于苔"，从句式上更直接来自白居易《忆江南》的"春来江水绿如蓝"。"绿水"有两种现象：一种是水中生长了大量的水藻等微生物，降低了阳光投射能力，因此看上去是绿色的；另一种则是江水极度清澈，将两岸青山葱郁的颜色映入水中，因此显得水也是绿色的了。前一种从现代自然科学的角度上说并非好事，而后一种则体现了美好的自然环境。本诗所写即为后一种现象，对自然生态的珍惜与保护是这首诗所具有的第一层现代意义。

　　随后，本诗中间两联写的是诗人在舟中看到的景色，有一种物我两忘的至高境界。诗人乘一叶小舟，在水中迅疾前行，美丽的自然景色扑面而来，远处的群山转瞬到了眼前，诗人沉浸其中。诗人有如此感觉，主要是因为当时天气特殊，风劲水急，因此一路无比顺畅。大风刮落了已经枯黄的树叶，江潮卷起了白色的沙砾，这正是桐江的秋日胜景。颈联的"风摇黄叶落，潮卷白沙开"，允为名句。摇、落、卷、开四个字，境界阔大，描写生动，表现了诗人豪迈的情调与豁达的胸襟。

　　最末两句，则从景色描写转向哲理反思：诗人在舟中顺流而下，无暇在中途停泊驻足，只能从远处纵观山水景色，虽然经过了著名的严陵钓台，但却没有时间下船慢慢游览。对此，诗人话锋一转，只说在云中远观眺望钓台。这里面含有两重意思：一是想到严子陵是隐士的代表，虽然以高尚的道德情操为世人所称颂，但是诗人当时身负要职，必须先尽为国为民奉献的责任，因此不想停下脚步，让自己的理念有所动摇。这就体现了诗人的儒家思想，尤其是"达则兼济天下"的思想境界。二是从本诗的思想感情来说，末句连接颈联，暗示了在历史长河中，多数庸庸碌碌之辈都将被淘汰吹散，而只有严陵钓台这样的名胜古迹，其历史价值永恒不变，终将成为人们瞻仰的存在。这既是作者对严子陵的推许，也是对自己的期待。能够担负铸就历史的重任，做出无愧于历史、无愧于时代、无愧于人民的贡献，具体分工也许不同，但终将得到历史的崇高评价，得到世人的铭记。诗人这样的思想境界是非常高尚的，虽然他选择的人生道路与严子陵不同，但就在舟行桐江，对严陵钓台的匆匆一瞥中，其与严子陵在精神层面形成了共通，可见入世、出世是辩证统一的关系，二人倘若跨越时空而能够相见的话，或许也将会心一笑吧！

（张昊苏）

题伯时画严子陵钓滩

黄庭坚

平生久要刘文叔，不肯为渠作三公。
能令汉家重九鼎，桐江波上一丝风。

诗作者

黄庭坚（1045—1105），字鲁直，号山谷道人，晚号涪翁，洪州分宁（今江西修水）人。北宋著名的诗人、书法家，"苏门六学士"之首，"江西诗派"祖师。

▎诗赏析

　　这是一首题画诗。黄庭坚看到了好友伯时所画的《严子陵钓滩》图,欣然在上题写一诗,阐发绘画中的思想内涵。伯时,北宋著名画家、书法家李公麟(1049—1106)的字。李公麟,号龙眠居士,安徽舒城人,与王安石、苏轼、米芾等人均友善,各种绘画题材均精,尤善画山水、人物及马,以《五马图》《维摩诘图》等最为出名,被后代敬为第一大手笔、百代宗师。他所画的《严子陵钓滩》图,虽然今天已不得而见,但从黄庭坚这首诗里,可以感知到浓郁的人文精神,明显代表了士大夫的趣味。

　　全诗完全未写绘画的场景和人物形象,只重点写严子陵代表的文化理念和道德高标。《论语·宪问》中有"久要不忘平生之言"的说法,言与人少时有旧约,虽年长贵达,不忘其言,这只有讲信用、有持守的人才能做到。首句用其典故,说史书记载严子陵与汉光武帝刘秀年轻时候就交好,严子陵当时就有约定,即使刘秀未来发迹,自己也将隐居富春江滨、钓台之上,绝不肯为了高官厚禄,屈身为他做事。此处用刘秀早年的字"文叔"而非后来的帝号"汉光武",显然暗示严子陵、刘秀两人早年以朋友相交,在人格上是完全平等的,不存在君臣阶级界限。果然,刘秀后来做了皇帝,以三公的高官聘请严子陵,但严子陵仍坚持早年的约定,不肯出山。对此应该怎么看呢?诗人给出了另一种自己的解读。后两句是说,严子陵不愿做官,只愿意在钓台归隐,是有原因的,他尽管没有出山做官,但对于整个国家、社会同样有非常高的贡献。在李公麟的画中,想来是栩栩如生地描绘了严子陵稳坐钓台,在桐江垂钓的景貌,江水波澜不惊,只偶尔因一丝微风吹过,稍稍泛起涟漪,可以说是写出了桐庐山水之美,也画出了严子陵淡泊名利的高洁品行。诗人感叹道,不要以为严子陵垂钓只是为了一己的愉悦,其实这才是"能令汉家重九鼎"的。原因在于,严子陵这样"无表现"的人物,具有信守承诺、不慕荣利的道德风范,这对于整个社会的风气有很大的促进作用。需要注意的是，这里的"无表现"只是说不登上朝堂担任重要政治职务，并不是说不关心社会。在严子陵的影响下，整个东汉王朝近二百年，以讲求名节、崇尚道德为后世所称，其历史意义简直不可限量。由此可见，严陵钓台所代表的人文内涵，作为中华优秀传统文化的典型代表，在当代社会仍有重要的借鉴启发意义。

（张昊苏）

钓 台

李清照

巨舰只缘因利往，扁舟亦是为名来。
往来有愧先生德，特地通宵过钓台。

▌诗作者

李清照（1084—1155），号易安居士，山东济南人，两宋之交的著名女性诗人、词人、金石学家、藏书家，与辛弃疾并称为"济南二安"。李清照以词作闻名，但其诗慷慨激昂，尤其善于咏史、论政，时人称誉她"才高学博，近代鲜伦""奇气横溢"，颇有巾帼英雄的风范，其诗的成就甚至还高于词作。

诗赏析

宋钦宗靖康二年（1127），金军攻克汴京，俘虏徽钦二帝，标志着北宋朝的灭亡。李清照与诸多汉族士人纷纷逃亡到南方，从此过上了流离失所的生活。南宋高宗绍兴四年（1134），金军大举南犯，南宋朝廷"举朝震恐"，希望求和，后来依靠岳飞等爱国将领的奋战才转危为安。本诗应是战争初期所作，李清照与大多数人一样，乘船避难，一天晚上经过富春江严滩，有感而发，书写成诗，因此本诗又名"夜发严滩"。本诗的特点是，能融写景、咏史于一手，借古典而论时政，见解独到，寄慨遥深，言简义丰，代表了李清照诗的典型风貌。

首句用了互文的修辞方法。当时，江南经济发达，富春江上巨舰、扁舟往来，一片欣欣向荣的景象，但诗人却根本没有一点喜悦，而是怀着深沉的感慨和痛苦之情——司马迁曾说过，"天下熙熙，皆为利来；

北宋　郭熙《窠石平远图》（局部）

天下攘攘，皆为利往"，虚名、利益是当时人们关心的，而国家的兴亡、道德的高低却不被重视，这在诗人眼中是北宋王朝灭亡的根本原因。诗人又想到，富春江畔的严陵钓台，本是严子陵为了避世所隐居的静谧之地，但这里却有着虚假繁荣，人们纷纷将其当作名胜古迹来游览，却没有哪个人能够效仿、坚守严子陵的道德标准，这简直是对严子陵先生的绝大讽刺。诗人避难途经钓台的时候，恰好是在晚间，她感叹道："往来有愧先生德，特地通宵过钓台。"——我亦为自己感到羞愧，因此特地趁着晚上路过钓台，这样就不必在此停留与严子陵先生见面了。这种对比更凸显出南宋当代人的无能与怯懦。实际上，李清照只是一位普通的女诗人，在男性占据绝对主导地位的古代社会，她绝不需要为国家的倾覆、道德的崩坏负责，其本人才能、品行均胜过绝大多数男性，理应得到尊重。但诗人却不这样认为，她认为自己也是芸芸众生之一，未能挺身而出，拯救国危，振奋士气，自己同样感到羞愧。这可以说是古代士人胸怀天下的广阔襟抱，就好像杜甫本人虽然一生坎壈，身居下僚，但却在《茅屋为秋风所破歌》中发出了"安得广厦千万间，大庇天下寒士俱欢颜"的时代最强音。而另一方面，本诗当然同时是对士林怯懦的严厉批判——比起知道自省的诗人来说，多数人还在泰然自若地来来往往，为着名为着利而打拼追逐，这不是更加可悲可耻的事情吗？本诗歌颂严子陵，并非推崇他避世归隐，而是指出严子陵的道德力量足以拯救国难。每个时代都有每个时代的精神，每个时代都有每个时代的价值观念。在古代中国，严子陵所代表的恪守名节、不慕荣利等，可以看作古代的核心价值观，也是中华优秀传统文化的重要组成部分。道德沦亡、价值观崩溃的时代，国家必然面临危机。在两宋之交的动荡时期，像李清照这样的诗人撰写了大量充满思想性、批判性的文学作品，才使得中华文明传承不辍，中华民族顽强发展。

（张昊苏）

次桐庐

郑刚中

回舟逆水甚徐徐，尚距桐江百里余。
只有梦魂无阻碍，夜来先已到吾庐。

▌诗作者

　　郑刚中（1088—1154），字亨仲，号北山，婺州（今浙江金华）人，南宋诗人、抗金名臣，曾担任枢密院编修、殿中侍御史、礼部侍郎、川陕宣谕使等。他早年高中探花，才华横溢，因此得到南宋著名奸相秦桧的拉拢、欣赏；但郑刚中正义敢言，力主抗金，还竭力营救请斩秦桧的胡铨，因此得罪秦桧，不断被贬，后被秦桧党羽诬陷，惨遭折磨而死。

▌诗赏析

　　本诗清淡有味，但实际蕴含深厚，带有诗人对政治生态和个人命运的沉重感慨。作者家在金华，位于浙江省中部，前往南宋都城临安（今杭州）任职，需乘船逆富春江之流而上，途经桐庐。

　　首句"回舟逆水甚徐徐"，字面上是说诗人乘舟逆流而行，速度不快，走了很久，依然"尚距桐江百里余"——距离桐江尚有百余里的距离。但实际上还含有两层隐喻：一层是说诗人得罪权奸秦桧，不断遭到贬谪，不能实现平生理想，就好像逆水行舟，非常困难，看上去很近的距离，却是那么的遥远而难以抵达；另一层是指南宋与金对峙的时局，尽管诗人力主抗金北伐，但由于朝廷被主和派所把持，恢复大好河山就像是逆水行舟一般，不进则退。在南宋初期秦桧掌权这种黑白颠倒，以"莫须有"入人以罪的灰暗时代，像岳飞这样的抗金名将都被昏君奸臣残忍害死，郑刚中却依然"书生不畏死"，坚持站在"逆流"这一边，是值得敬重的。《论语》里说："天下有道则见，无道则隐。邦有道，贫且贱焉，耻也；邦无道，富且贵焉，耻也。"真正的好人应该是"乡人之善者好之，其不善者恶之"，与恶势力坚定斗争，在原则问题上寸步不让，越被仇视，越证明他立场的正确。诗人的志向在一时遭到挫折，但历史的车轮终将辨明是非，当时被污蔑为"逆流"的将被澄清，而颠倒黑白者终将被钉在历史的耻辱柱上。诗人在这里自言"逆流"，实际上是用讽刺性的反话说明了自己的坚定信念。不过，诗人在归途中终究带有一些感伤，他遗憾地叹息："只有梦魂无阻碍，夜来先已到吾庐。"在整个朝廷都黑白颠倒的大环境下，个人的力量终究有限，只有在自己的梦境中，才能"无阻碍"地抵达自己的家乡与理想境界。本诗显现出郑刚中坚定的道德信念、浓烈的爱国热情，不论秦桧是拉拢还是陷害，他都不肯改变初心，曲学阿世，这是值得我们学习、尊重的。

（张昊苏）

北宋　王希孟《千里江山图》（局部）

会宴浪石亭

张　浚

缙桧相逢在此亭，一和一战两纷争。
忠良不遂奸雄志，砥柱中流于此存。

▌诗作者

张浚（1097—1164），字德远，号紫岩，绵竹（今属四川汉州）人，南宋抗金名将。时人称赞他"以至公血诚对越天地，以崇勋茂德镇动华夷，为中兴社稷之宗臣，平生慕望"，因其官至宰相，多与诸葛孔明相比。

诗赏析

　　隆兴二年（1164），张浚因北伐失败，六十八岁致仕，来到桐庐县西北的浪石亭会宴聚餐，在这分水之畔，张浚写下此诗，纪念已去世的前辈王缙。王缙（1073—1159），字子云，浙江桐庐分水镇人，是南宋时期刚正不阿的言官，任官期间政绩杰出，为民兴利。绍兴七年（1137），张浚受到淮西郦琼叛变的牵连，王缙上书要求留用张浚，得罪了主和派，后又因向人力诋秦桧误国，遭到罢官。

　　本诗首句是说年迈的张浚思及往事，据说当年王缙在此亭与秦桧等主和派党羽激烈辩论，互不相容；张浚赋闲的时候，也常常来此拜访王缙，两人纵论天下大势，针砭时弊。这未必完全是历史的写实，但却令读者一下子就感受到当时主战、主和两派争论的激烈，"一和一战两纷争"的不容妥协。尽管从一时的角度来说，主战派最终失败了，岳飞等抗金名将被以"莫须有"的罪状害死，王缙、张浚等人也先后被贬斥出朝廷，满腔热血为国，却无处施展才华，但他们依然坚持自己的原则毫不动摇，并坚信国家民族必将复兴。张浚在诗中感叹：尽管当时斗争一时失败，但绍兴二十五年（1155），权倾朝野的秦桧已死去，他所谋划的冤假错案未能完全成功，他的主和观点和党羽也逐渐失去影响力，这不正是王缙等有正义感的官员与秦桧反复抗争所取得的胜利吗？所以张浚激动地说："忠良不遂奸雄志，砥柱中流于此存。"尽管王缙已经去世，但他的精神万古长存在这浪石亭中，所有来到这里的爱国志士，都将被王缙的爱国情怀和坚定勇气所感动。"九一八"事变爆发后，鲁迅先生在《中国人失掉自信力了吗》一文中说过："我们从古以来，就有埋头苦干的人，有拼命硬干的人，有为民请命的人，有舍身求法的人，……虽是等于为帝王将相作家谱的所谓'正史'，也往往掩不住他们的光耀，这就是中国的脊梁。"王缙就是这样的人，因此张浚这首诗流传至今，赢得了人们广泛的赞誉，建造本亭的当地人袁升，甚至将浪石亭的名字改成了砥如亭。英雄人物的爱国情怀，与整个民族自强不息精神的形成，是相互促进的关系。这种精神力量是中国文化始终保持发展生机、坚韧不拔、不畏强暴、恪守气节的核心原因。

（张昊苏）

泊桐庐分水港

王十朋

何处系归舟，桐庐旧日游。
港从分水出，亭瞰合江流。
叠嶂云披絮，遥天月吐钩。
纷纷钓鱼者，无复见羊裘。

┃诗作者

王十朋（1112—1171），字龟龄，号梅溪，浙江乐清人，南宋政治家、诗人。王十朋文才、学养俱佳，力主对金作战，直言敢谏，故多遭排斥，先后出任饶州、夔州、湖州、泉州、严州等地知州，颇有政绩。论者以为他"立朝刚直，为当代伟人"。

▌诗赏析

　　王十朋卸任严州知州，乘船途经桐庐时，写下了这首《泊桐庐分水港》。诗人本是浙江本地人，又在桐庐长期任职，对当地自然风光当然非常熟悉，故亲切地称之为"桐庐旧日游"。傍晚时分，登上桐君山的亭台，诗人看着分水江、富春江在此合汇，自是相当悠闲惬意。晚间难以赶路前行，诗人索性纵情观览自然风光，望着远处重叠的山脉，仰看着天空中弯弯的一轮月亮，他产生了丰富的联想——白云在山上飘浮，就好像是棉絮一般；而月亮在云中微微冒头，却像一个小小的挂钩。这些譬喻都是古代诗词中相对少见的，体现出诗人杰出的文学才情。在此之外，诗人更是有着无穷无尽的深沉思考。在这富春江上，有无数的人来来往往，更有不少人垂钓江上，看着热闹繁华，诗人却心情冷淡。原来，他想到了严子陵的故事——"纷纷钓鱼者，无复见羊裘"。这么多钓鱼的人，有的也许是为了休闲娱乐，有的也许是退居林下，但这里面多数恐怕只是为了一己的娱乐，哪里还有严子陵这样的品德高洁之士呢？诗人在这里，也许想到了很多很多……他或许想到，严子陵明明有机会在朝廷担任要职，但却毅然归隐，用自己的道德力量与皇权政治分庭抗礼，不仅令整个东汉王朝二百年都以名节为后世所称，还激励着千百年来的士大夫，在面对功名利禄时有所舍、有所守；而自己生逢宋金隔江对峙的分裂时期，有心入世为国，推动国家统一，保障人民幸福，却得罪主和派而不被重用，被迫在桐庐停泊，看上去也是无官一身轻，但貌似而神非，有着本质上的差别。诗人或许还想到南宋小朝廷当时的世风颓废，普通人满足于一时的苟安，对国家民族的前途命运漠不关心，看上去在效仿严子陵那样的潇洒风范，实际上只是一种懦弱的犬儒表现。这些都是本诗所思考、感喟的核心价值。游览桐庐钓台，了解严陵故事的时候，应该高度关注其中的文化灵魂。近年来有所谓"文化旅游"的说法，是指现代旅游业不应只是走马观花式的游览观光，而应以文化为灵魂，在旅游中深刻理解中华优秀传统文化，坚定中国特色的历史文化自信。范仲淹在《岳阳楼记》中，由自然景观而思及人文，方有"先天下之忧而忧，后天下之乐而乐"的千古名句，而王十朋的这首诗虽然名气远不及《岳阳楼记》，但也体现出我国古代士人始终心怀天下的忘我情怀，读来令人感动。

（张昊苏）

道成不怕丹梯峻
髓宝常钦石榻寒
不慕世间名与贵
长生自得一元丹

题寺前提举高寿

南宋 马远 《松寿图轴》

渔浦（其一）

陆　游

桐庐处处是新诗，渔浦江山天下稀。
安得移家常住此，随潮入县伴潮归。

▌诗作者

　　陆游（1125—1210），字务观，号放翁，越州山阴（今浙江绍兴）人，南宋著名爱国诗人、历史学家。陆游作为著名的主战派，长期受到排斥，不得重用。

▍诗赏析

　　宋孝宗淳熙七年（1180），陆游在江西常平提举任上遭遇水灾，主持开仓赈济，却遭到"不自检饬，所为多越于规矩"的弹劾而被罢官；在返回山阴老家的途中路过桐庐，从严陵钓台放舟，顺流而下，被此地秀美山水所触动，写下《渔浦》二首，本诗是其中的第一首。渔浦，字面即指入江打鱼的出入口，在今桐庐县境内，大约是在富阳区东三十里，萧山区西南二十五里（一说三十里），正是杭州六和塔的对岸，乃富春江、浦阳江、钱塘江交汇之处，水面辽阔，物产丰富，景色优美，传说大舜曾经在这里打鱼。渔浦尽管是历史悠久的旅游胜地，但南宋时期水波湍急，时人乘船经过时，甚至有"渔浦风波恶"的说法，担忧旅途中遭逢危险。而诗人却早已见惯了人世中的大风大浪，对这自然现象只有欣赏而毫无畏惧。他游历过祖国的山山水水，却唯独倾心于渔浦的自然之秀丽、物产之丰富，称之为"天下稀"。而桐庐的山山水水，在诗人眼中也无一处不可爱，他称许为"桐庐处处是新诗"——每一处景色都如诗如画，更令嗜诗如狂的诗人有着无限的吟咏热情。仅从《陆游集》来看，直接描写桐庐风光的就有几十首诗，如果再算上他在其他诗里歌咏桐庐的，则为数更多。如陆游写完《渔浦》二首不久，继续乘舟东下，又写了一首《萧山》，诗里有"会向桐江谋小筑"的句子，是说自己虽然不是桐庐人，却想要在此建一所雅致的小房子，可以时常在此隐居，体验山林之乐。可见这里的"处处是新诗"兼指自然山水与诗人的创作心态两个层面。在此诗中，身为越州山阴人的陆游感叹"安得移家常住此，随潮入县伴潮归"，如果能够举家迁移到这秀美的桐庐县，远离世俗生活，随着潮水进入县城，又伴着潮落回到渔浦，那该是多么美好的事情！本诗言简意深，写出了诗人对桐庐山水的至高评价。究其原因，除了桐庐自然风光令诗人心驰神迷之外，还因为这里的人文情怀与文化历史能够澡雪心灵，令诗人充满精神力量。在《渔浦》二首的另一首中，诗人写道："渔翁持鱼叩舷卖,炯炯绿瞳双脸丹。我欲从之逝已远,菱歌一曲暮江寒。"平平凡凡的一个桐庐渔翁,却气度不凡,潇洒自在,简直体现出屈原《渔父》中塑造的独特形象,代表了人格的高洁傲岸。也许,这就是严子陵的文化遗泽吧!几年后,诗人起复严州知州,尽情游览桐庐山水,写下不少诗篇,其中《桐江行》尤其精彩,写道:"我来桐江今几时,面骨峥嵘鬓如雪。怒嗔不复有端绪,谗谤何曾容辨说。十年山栖却水食,酿桂餐芝自芳洁。"看来,诗人经过桐江山水的洗礼,其高洁傲岸、不与世俗同流合污的品行愈发纯粹了。这大概就是桐江文化旅游的重要意义之一吧。

（张昊苏）

鹊桥仙·钓台

陆 游

　　一竿风月，一蓑烟雨，家在钓台西住。卖鱼生怕近城门，况肯到、红尘深处。　　潮生理棹，潮平系缆，潮落浩歌归去。时人错把比严光，我自是、无名渔父。

词作者

　　陆游（1125—1210），字务观，号放翁，越州山阴（今浙江绍兴）人，南宋著名爱国诗人、历史学家。陆游作为著名的主战派，长期受到排斥，不得重用。

▌词赏析

这首《鹊桥仙》叶仄韵，双调五十六字，上下阕各二仄韵。作者陆游专意为诗，只以余事作词，所以他的词作的数量不足诗的百分之二。由于陆游整体文学造诣极高，其词亦有一定成就，不乏名作。

这首词通篇以渔父自居。渔父，即老渔翁，作者以渔父的口吻诉说自己的日常生活及平生志意。全词可视为一曲隐士的赞歌。"渔父词"以张志和诸作为最著，这首词的艺术成就或有过之。

词的标题为"钓台"，即严子陵钓台，在桐庐县西三十里，浙江北岸，是东汉隐士严光隐居垂钓之处。严光的故事作为一段佳话，寄寓了文人关于归隐的理想。陆游本人晚年在《渭南文集》中也明确表达自幼因多病而"有江湖之思"，等到晚年，历尽坎坷后，更是憧憬隐士的生活："男胜锄犁，女任纺绩，衣食粗足，然后得一叶之舟，伐荻钓鱼而卖芰芡，入松陵，上严濑，历石门、沃洲，而还泊于玉笥之下，醉则散发扣舷为吴歌，顾不乐哉！"这些文字，都可与此词相参看。

这首词的上阕写渔父的谋生和居住环境，在风月之中挥舞钓竿，"风月"强调渔父打鱼往往披星戴月，又时常在烟雨之中穿着蓑衣，"烟雨"呼应"钓台"，写出了此地的气候，也从侧面写出打鱼谋生的不易。而渔父的家就住在严陵七里滩的钓台西面。这一特殊的地点会让人联想起严光故事，由于渔父过的就是严光选择的生活，所以读者往往会不自觉地将渔父的形象和严光重叠起来。

"红尘"指闹市繁华之地。此句作者想象渔父的心性，或者说他是将自己的愿望带入渔父的形象之中，他卖鱼的时候尚且不愿走近城门，更不用说到闹市深处去了。既然选择归隐，于红尘俗世自是一无挂碍，风雨穿行，毫无拘束，这正是作者心中理想的隐士形象。评论家俞陛云即认为"未必实有其事，而可见托想之高，愤世嫉俗者，每有此想"。陆游一生在官场中沉浮，常有归隐之念，如其诗云"白发当归隐，青衫可结庐"，"龙泉本约同归隐，肯为春耕欲换牛"等，红尘俗世，有如此多的不得意、不得已，一朝归隐，就该远离红尘，脱离一切名缰利锁的束缚。可见，作者心中的隐士绝不会"隐于朝"，哪怕只是"隐于市"，而只能"隐于林"。

过片处以精练的语言概括打鱼生涯，借着潮生时泛舟打鱼，潮平时靠岸系缆，潮落时高唱渔歌回到家中。一切跟随着自然的节奏，句意和句法上都行云流水，俞陛云即认为这三句"句法累如贯珠"，写得一气呵成。而结句再次呼应上阕结句，言这样一位老渔翁，看见的人都会把他比作当年在此垂钓的严光，然而他说，我只是一位无名的老渔翁。作者在这里有意强调自己对隐居生活的憧憬和向往只在于其本身，而绝不在于以之为"终南捷径"，获得类似严光的美名。这就将真正的隐士和沽名钓誉之徒区分开来了。"贤士殉名，贪夫死利"，以儒家思想为主的士人多数能够避开利诱，却未必可以逃脱美名的诱惑，正所谓"粉身碎骨浑不怕，要留清白在人间"。作者在官场沉浮，被浮名所累，所以歌咏隐士时特别强调道家思想中真正逍遥的部分，强调真正的隐士应弃位捐名，毫无挂碍。词论家沈雄即认为"细味卒章，真是高隐之笔"。

（蔡　雯）

甲午岁朝寓桂林记去年是日泊桐江谒严子陵祠
迤逦度岭感怀赋诗

范成大

去年晓缆解江皋，也把屠苏泛浊醪。
一席饱风渔浦阔，千山封雪钓台高。
将军老矣鸣孤剑，客子归哉咏大刀。
早晚扁舟寻旧路，柁楼吹笛破云涛。

┃诗作者

范成大（1126—1193），字至能，一作致能，号石湖居士，吴县（今属江苏苏州）人，南宋诗坛"四大家"之一。亦是著名的主战派人士。

▎诗赏析

　　桐庐山水以秀丽见长，文化上则以严陵高钓最为出名，故古人吟咏桐庐，多以潇洒自在、不慕荣利为主要宗旨。本诗虽写严子陵祠堂，但却是一首相当杰出的豪放诗作，意境阔大，笔力强劲，风格与众不同。范成大的诗以"田园杂兴"系列闻名，多以平易自然见长，但此诗论及国家前途命运，故壮怀激烈，令人感动。宋孝宗淳熙元年（1174），诗人在广西经略安抚使任上，身处偏远而多瘴疠的南方，远离政治中心与宋金军事战线，心中无限波澜，又想起一年之前的今天，自己放舟桐江，冒着严寒拜谒严子陵祠，今昔对比，感慨万千，因此写成此诗。范成大一生多次来到桐庐游览，几乎每次都要拜谒严子陵祠，并吟诗抒怀，这可以说是他心中的"圣地"之一。乾道九年（1173）的新年，天气酷寒，风雪交加，范成大乘船南下，经富春江前往桂林赴任，正月初一日的早晨，途经严子陵钓台的时候，特地披上当年出使金朝所穿的锦袍，携家人登台拜谒，讲解礼法，端坐雪中。"一席饱风渔浦阔，千山封雪钓台高"，正是一年前自己登台赏景的实况。而渔浦之阔，钓台之高，除了景色幽静清绝之外，更是严子陵的道德情操令诗人深深动容，无法忘怀。范成大在桂林任职期间，是当地最高军事长官，故诗中提及"孤剑""大刀"，非常切合个人身份。范成大在桂林政绩卓著，但路途艰辛，心情落寞，身体又不好，屡以"客子"自称。在甲午年的正月初一，诗人独自飘零在外，深感孤独，觉得自己满腔热血无处抛洒，故生出还乡归隐之意。但从本诗意境之阔大可看出，这绝非诗人消极避世，而是他有感于自己劳劳碌碌，却不能给国家真正做出贡献，因此心中遗憾悲愤。本诗中的"孤剑"，是古代文学中相当常见的意象，实际指涉战士的孤立无援，如唐代陈子昂《东征答朝臣相送》诗"孤剑将何托，长谣塞上风"，吕温《凌烟阁勋臣颂并序》"匹马孤剑，为王前驱"，都是类似含义。须知道，诗人在孝宗乾道六年（1170）以外交官身份出使金朝，面对金朝的威胁与无理要求，冒死据理力争，终于不辱使命；但凯旋后，却未得重用，反而被外调到最偏僻的广西任职，这岂不令天下爱国志士寒心，而感到"老矣""归哉"？明乎此，我们再思考范成大在诗中大谈桐庐严子陵祠，声称想要归隐，其深层内涵和真正感情也就不难理解了。从末两句我们可以看出，即使是乘船回乡，诗人也绝不肯简简单单地平凡度日，而要有一番"吹笛破云涛"的气魄。

（张昊苏）

酹江月·严子陵钓台

范成大

　　浮生有几，叹欢娱常少，忧愁相属。富贵功名皆由命，何必区区仆仆。燕蝠尘中，鸡虫影里，见了还追逐。山间林下，几人真个幽独。　　谁似当日严君，故人龙衮，独抱羊裘宿。试把渔竿都掉了，百种千般拘束。两岸烟林，半溪山影，此处无荣辱。荒台遗像，至今嗟咏不足。

┃词作者

　　范成大（1126—1193），字至能，一作致能，号石湖居士，吴县（今属江苏苏州）人，南宋诗坛"四大家"之一。亦是著名的主战派人士。

词赏析

《酹江月》，又名《念奴娇》，其调高亢，双调，整一百字，故名《百字令》《百字谣》；因苏轼《念奴娇·赤壁怀古》中的名句，故又名《大江东去》《酹江月》等。有平、仄韵两体。一般认为，这首词的作者范成大以诗人身份填词，现有《石湖词》存世。

这是一首怀古词，作者身处钓台，抒发了对隐士严光的追慕和叹惋之情，体现了以儒家为主、释道为辅的价值取向。

词从人生无常起笔，"浮生"语出《庄子·刻意》"其生若浮，其死若休"，认为人生在世就犹如在水面漂浮，死去犹如倦怠了就休憩长眠。常常身不由己，所以作者"叹欢娱常少，忧愁相属"，慨叹人生不如意事常十之八九，快乐常常很少，忧愁却如影随形。"富贵

南宋　赵伯骕《万松金阙图》（局部）

功名皆由命，何必区区仆仆"，富贵功名皆由命定，何必为之劳碌奔走？《论语》中记载，孔子曾言："富而可求也，虽执鞭之士，吾亦为之。如不可求，从吾所好。"范成大在这里表达的是相同的意思，富贵功名，皆由命定，是不可求而得之的。但是面对富贵功名，"天下熙熙，皆为利来；天下攘攘，皆为利往"，红尘之中，芸芸众生还是趋之若鹜，对名利孜孜以求。相比之下，那独立于"山间林下"的隐士能有几个？而那些隐士又"真个幽独"。"幽独"，指静寂孤独，亦指静寂孤独的人。屈原在《九章·涉江》中说"哀吾生之无乐兮，幽独处乎山中"，正是写这种不能为世所用的悲哀。

下阕笔锋一转，钓台历史上最辉煌的人物登场："谁似当日严君，故人龙衮，独抱羊裘宿。"谁能够像当年的严光呢？和汉光武帝刘秀有少时情谊，备受刘秀礼遇，却选择独自穿着羊皮做的衣服睡觉。这里特别以"宿"作为韵字，是作者有意为之。严光曾被请到宫中，与刘秀一同睡觉，睡熟了还将腿放在刘秀的肚子上，但是享有与皇帝同卧的严光最终选择了独宿，拒绝了锦衣玉食、钟鼓馔玉乃至功名富贵，而选择了"羊裘"和山林，选择了"幽独"，也选择了自由，抛却一切名缰利锁，从此守着桐江钓台，但见水光山色，烟笼密林，再无任何荣辱得失的计较。在作者看来，严光做出了惊世骇俗的选择，独自向孤寂中走去，非常难能可贵。而如今钓台只剩下"荒台遗像"，"嗟咏"即赞诵之意。"至今嗟咏不足"，古往今来赞颂他的人是不够多的。更多的人，是"穷则独善其身，达则兼济天下"，在仕途困顿之际，借缅怀严光来自我安慰，又有多少人能够设身处地，真正处于严光的位置，做出严光的选择？在作者看来，即使是自己，这种选择也是艰难的。而历史上对于严光的赞颂显然远远不足，致使其"荒台遗像"，并不被大多数人知晓，让人扼腕叹息。

严光选择了桐庐，真是相得益彰。

（蔡　雯）

舟过桐庐（其一）

杨万里

潇洒桐庐县，寒江缭一湾。
朱楼隔绿柳，白塔映青山。
稚子排窗出，舟人买菜还。
峰头好亭子，不得一跻攀。

▍诗作者

　　杨万里（1127—1206），字廷秀，号诚斋、诚斋野客，吉州（今江西吉水）人，南宋思想家、文学家。诗坛"四大家"之一，以平易浅近、风趣幽默的"诚斋体"闻名，本诗即其代表作。

▌诗赏析

诗人乘船经过桐庐，在此稍坐停留休息，从船中向外望去，看着桐庐景色秀美，经济繁华，人民生活富足，心中喜悦，写下《舟过桐庐》律诗三首，均对仗精工，语言平易，本诗是其中的第一首。首句"潇洒桐庐县"，是从范仲淹《潇洒桐庐郡十绝》的起句"潇洒桐庐郡"化出，可以看出，诗人眼中的桐庐是潇洒的，本诗的风格也是潇洒的。桐江水弯曲百转，缠绕在桐庐县畔，显得格外动人。颔联描写桐庐景色的异彩纷呈，有朱楼、绿柳、白塔、青山，尤其是近二十米高的桐君塔，坐落在桐君山上，富春江、分水江的交汇之处，倒映在水中，格外古朴可爱。这桐君塔在当地俗称白塔，今天已是历史悠久的文物古迹，而这座修成于南宋理宗景定元年（1260）的高塔，在当时正崭新洁白，反映出社会欣欣向荣的繁荣景象，是桐庐的标志性景观，尤其令人啧啧称赞。桐庐人民的生活也是富足且充满幸福感的。颈联则写了诗人眼中的江畔人家，孩子们天真无邪，推开窗户从船上爬出来嬉戏打闹，而船夫舟子正买菜归来，准备升起炊烟，共享晚餐，一片活泼祥和的生活气息跃然眼前。不过，诗人对此也略有遗憾，那就是这次只是在桐庐暂且休息一小会，后面还要忙着乘船赶路，没有时间逗留太久，细细品味桐庐的自然风光和历史人文。如果时间再充裕一些，攀爬到桐君山上，坐在那美丽的亭子上，登临眺远，那该是多么惬意和享受啊！

本诗中既写到桐庐的自然山水和标志建筑，也观察到桐庐人民的幸福生活和田园牧歌，充分展示出诗人闲适旷达的情怀，令人神往。时人称杨万里"至于状物姿态、写人情意，则铺叙纤悉，曲尽其妙……笔端有口，句中有眼"，用来评价本诗的艺术水准，可以说是非常恰当的。江南乡村生态良好，适宜居住，美好生活令人向往。而在七八百年前的南宋时期，杨万里在他的这首诗中就表达了类似的理想，充满激情地讴歌了桐庐的美好生活，此地的山山水水。桐庐虽不是诗人的故乡，但他却深爱这片土地，写下了大量吟咏诗篇，至今依然传唱不朽。

（张昊苏）

宋 佚名《春山渔艇页》

桐庐舟中见山寺

朱 熹

一山云水拥禅居，万里江楼绕屋除。

行色匆匆吾正尔，春风处处子何如。

江湖此去随沤鸟，粥饭何时共木鱼。

孤塔向人如有意，他年来借一蘧蒢。

▌诗作者

朱熹（1130—1200），字元晦，一作仲晦，号晦庵、晦翁。祖籍徽州府婺源县（今江西婺源），生于南剑州尤溪县（今福建尤溪）。为南宋著名理学家、闽学派的代表人物，也是儒学的集大成者，世称朱子。卒谥文，故又称朱文公。朱熹著作甚多，最著名的如《四书章句集注》，是后代科举考试所依据的标准教科书；文学方面的著述有《诗集传》《楚辞集注》等，同样影响深远。

▎诗赏析

　　朱熹虽为著名理学家，也有过很多"重道轻文"的语录，但是自己留下的文学作品却一点不少。据统计，朱熹一共留下了一千二百多首诗词，虽然因为固有的道学观念，朱熹并没有很用心地去创作诗文，但是其成就仍然不容忽视，古今都有不少人认为朱熹足以跻身大诗人之列。

　　另外值得注意的一点是，朱熹虽以大儒知名，但早年与佛教也有深入的接触。众所周知，宋代理学的出现在某种意义上可以说是儒道释"三教合一"的结果。因而宋代文人多好与方外人士交游，出入佛老以求达到儒家的内圣，这是许多士大夫的修学历程。从家庭环境来看，朱熹的祖父、父亲都喜欢结交禅师；而他的老师、著名的"武夷三先生"（刘子翚、刘勉之、胡宪），也都与僧人交游密切。在他们的影响下，朱熹早年对佛教也很有兴趣，十五岁即从道谦（高僧大慧宗杲之弟子）学禅，甚至赴临安应试也不忘带上一本宗杲的《大慧禅师语录》，而据朱熹自言，他在考试中也因为援佛入儒的论说而得中。

　　从这一首《桐庐舟中见山寺》就可以明显看到朱熹对佛教的亲近。此诗虽见于《晦庵集》第十卷，却是朱熹早年的作品。绍兴十八年（1148）春，作者与老师刘勉之之女成婚，随后赴临安（今浙江杭州）应进士试，此诗即作于返回福建的途中。诗题"舟中见山寺"，显然是作者乘船沿富春江经过桐庐，途中看见一座寺庙有感而发，并没有到寺中游玩。有人以为"山寺"指桐君祠，恐怕未必。因为"桐君"并非僧人，"桐君祠"也非寺庙。而此诗诗题云"山寺"，诗中又云"禅居""木鱼"，故当是指佛教寺庙无疑。

　　首联"一山云水拥禅居，万里江楼绕屋除"，可谓破空而来，"禅居"意为僧人居住之所，即寺院，"屋除"即屋前的台阶。意谓远远看到一座寺庙掩映在山水之中，长长的台阶绕着茫茫江水边的高楼。

按：第二句《晦庵集》及《浙江通志》皆作"万里江楼绕屋除"，《御定佩文斋咏物诗选》则作"万里江流绕屋除"，意为江水绕着寺庙的台阶流过，虽有擅改之嫌，但似乎表达得更为明确。

颔联"行色匆匆吾正尔，春风处处子何如"，上句直接表达了自己因为行程仓促不能下船游览的遗憾，下句的"子"当指寺中的僧人，谓不知道在这个美好的春天，寺中僧众的生活是什么样子。颈联两句则分别承接颔联，谓我不得不跟随着鸥鸟在江湖上行走，什么时候才能跟你们一起敲木鱼、吃素斋呢？进一步含蓄地表达了自己想要与寺中僧人交流的意愿。又按：第五句《晦庵集》及《御定佩文斋咏物诗选》皆作"沤鸟"，"沤"字古通"鸥"字，没有问题。

尾联"孤塔向人如有意，他年来借一蘧蒢"，古制寺庙中必有塔，故上句以拟人手法，谓寺中的塔对着我似有情意，而其实是作者对寺庙有不舍之情；"蘧蒢"亦作"籧篨"，指用苇或竹编成的粗席，借蘧蒢即是借宿之意。此联先倒主为宾写出自己的留恋之情，再以预约日后来访作结，可谓余意绵绵。

（汪梦川）

南宋　李唐《万壑松风图》

水调歌头·不见严夫子

朱 熹

不见严夫子，寂寞富春山。空余千丈危石，高插暮云端。想象羊裘披了，一笑两忘身世，来把钓鱼竿。不似林间翮，飞倦始知还。　　中兴主，功业就，鬓毛斑。驱驰一世豪杰，相与济时艰。独委狂奴心事，不羡痴儿鼎足，放去任疏顽。爽气动星斗，千古照林峦。

▌词作者

朱熹（1130—1200），字元晦，一作仲晦，号晦庵、晦翁。祖籍徽州府婺源县（今江西婺源），生于南剑州尤溪县（今福建尤溪）。为南宋著名理学家、闽学派的代表人物，也是儒学的集大成者，世称朱子。卒谥文，故又称朱文公。朱熹著作甚多，最著名的如《四书章句集注》，是后代科举考试所依据的标准教科书；文学方面的著述有《诗集传》《楚辞集注》等，同样影响深远。

▌词赏析

　　这首《水调歌头》叶平韵，双调九十五字。来源于隋炀帝所制的《水调》曲，又名《凯歌》《台城游》《水调歌》《花犯》等。这首词的作者朱熹的建树主要不在词学，仅存词十九首，《水调歌头》是他使用最多的词牌，现存词五首。

　　这首词歌咏隐士严光，全词一气呵成，词的开篇即点明主题，引出主角严光，"夫子"是对严光的尊称："不见严夫子，寂寞富春山。""寂寞"可以分两层意思来理解：一是将富春山拟人化。严光最终选择在富春山隐居，所以严光是富春山的知己，但是严光去世已久，富春山也因失去严光而显得"寂寞"。失去了严光，再也没有人如此知赏富春山了。二是朱熹来到富春山，想到严光，却不能寻访，所以倍感寂寞，因为心中寂寞所以看到的山水都是寂寞的。第二韵说"空余千丈危石，高插暮云端"，只剩下险峻的山势高耸入云。第三韵"想象羊裘披了，一笑两忘身世，来把钓鱼竿"，说的还是严光，身披羊皮做的衣服，忘却自己在俗世的高名和荣耀，拿起垂钓的鱼竿。第四韵言"不似林间翮，飞倦始知还"，"翮"指鸟的翅膀，这里代指鸟儿。

　　下阕以刘秀起笔"中兴主，功业就，鬓毛斑"，他登基建立东汉，开辟了光武中兴的局面，功成名就，却已两鬓斑白。"驱驰一世豪杰，相与济时艰"，当时的有才有志之士，多能为他所用，和他一起度过艰难的时局，迎来复兴的局面。但是刘秀"独委狂奴心事"，"狂奴"指狂放不羁的人，这里代指严光，此处言刘秀独对严光青眼有加，推心置腹。"不羡痴儿鼎足"，"痴儿"一般指庸夫俗子，"鼎足"比喻处于重要的地位，但是严光丝毫不羡慕那些和自己相比才德平平的人高居要位，"性本爱丘山"，志只在山林。严光曾经明确跟刘秀说，人各有志，当年面对尧这样的明君，巢父、许由这些隐士甚至以洗耳以对，不愿出山。于是刘秀也只能"放去任疏顽"，"疏顽"指懒散顽钝的样子，任由严光保持其本性，尊重严光最终的选择。"爽气动星斗"

这里使用了一个典故：汉武帝征召严光到宫中时，二人曾同寝，御史夜观天象，发现有客星犯帝座，第二天急忙上奏，刘秀笑着说"那是我和子陵一起睡觉罢了"，原来严光熟睡后将腿搭在了刘秀的肚子上，而这种无拘无束的"爽气"让天上的星星也为之改变了运行的轨迹。"千古照林峦"中"千古"强调时间之长远，这种精神将永远照耀山林，让后世志同者以严光为榜样，让钓台风景散发隐士光辉。

　　这首词词意畅达，谋篇布局较为平直，缺少婉转之致，将严光风节与富春山风景紧密结合在一起，不啻一曲隐士的赞歌。

（蔡　雯）

贺新郎·钓台

辛弃疾

濮上看垂钓，更风流、羊裘泽畔，精神孤娇。楚汉黄金公卿印，比着渔竿谁小。但过眼、才堪一笑。惠子焉知濠梁乐，望桐江、千丈高台好。烟雨外，几鱼鸟。　　古来如许高人少。细平章、两翁似与，巢由同调。已被尧知方洗耳，毕竟尘污人了。要名字、人间如扫。我爱蜀庄沉冥者，解门前、不使征书到。君为我，画三老。

▌词作者

辛弃疾（1140—1207），原字坦夫，后改字幼安，中年后别号稼轩，山东人，南宋著名军事将领，词人。有"词中之龙"的美誉，与苏轼合称"苏辛"，与李清照并称"济南二安"。

▌词赏析

　　《贺新郎》，又名《金缕曲》《乳燕飞》《貂裘换酒》《金缕歌》《贺新凉》等。双调，叶仄韵，声情沉郁苍凉，多表达激切情感。这首词的作者辛弃疾喜填《贺新郎》，现存此调词就有二十余首。

　　这首词怀念严氏诸隐士，似作者闲居瓢泉所作。从怀念庄子、严光起笔，赞颂了庄子、严光的高风亮节。严、庄同姓，东汉人为避明帝刘庄讳，改"庄"为严，所以实为同宗。

　　作者起笔即多用典，点明主题——"濮上看垂钓，更风流、羊裘泽畔，精神孤矫"，"濮上"为古卫地，指濮水之滨，庄子曾垂钓于濮水，楚王派遣两名大夫去请庄子出山，效忠楚王，庄子却只顾垂钓，全然不予理会。更加风流的是严光，他披着羊皮做的衣服在富春江边垂钓。此二人精神孤傲不屈，卓尔不群。"楚汉黄金公卿印，比着渔竿谁小"，在他眼中，楚国、东汉的显耀高位、富贵功名都比不上手中小小的钓鱼竿。"但过眼、才堪一笑"，这些世人舍生命以求的东西并不入他们的眼，功名富贵，过眼成浮云，不过一笑置之。"惠子焉知濠梁乐"，据《庄子·秋水》记载，庄子和惠子同游于濠水之上，见鯈鱼出游从容，庄子认为鱼很快乐。惠子认为，你又不是鱼，怎么知道鱼快乐？辛弃疾这里使用这个典故，借惠子不知鱼之乐，来言世人不能明白庄子、严光的志趣。"望桐江、千丈高台好"，桐江的"千丈高台"指的正是富春山上严子陵垂钓的钓台。这里地僻林深，烟水迷蒙，鸟飞鱼跃。

　　过片诗人直接品评人物："古来如许高人少。细平章、两翁似与，巢由同调。"说古往今来，像庄子、严光这样的高人凤毛麟角，"平章"是评处、商酌的意思，"两翁"指庄子和严光，"巢"是巢父，"由"是许由，仔细品评，庄子、严光应是巢父、许由这一类的人物。"已被尧知方洗耳，毕竟尘污人了"，这里使用了许由的典故，尧帝听说许由贤德，请他出来做官辅佐自己，许由却唯恐这些"污言秽语"

污染了自己的耳朵，马上去将耳朵清洗干净。这些清白自守的名字，似乎净化了整个人世。"蜀庄沉冥者"指蜀严遵，字君平，汉扬雄曾从其游学。扬雄的《法言·问明》载："蜀庄沉冥，蜀庄之才之珍也。不作苟见，不治苟得，久幽而不改其操，虽隋和何以加诸。""沉冥"，犹玄寂，泯灭无迹之貌。"隋和"指隋侯之珠和和氏之璧，均为无价之宝，这里喻指严君平的节操和才华。严君平一生精研易理及老庄哲学，淡泊名利，终身不仕，受后人敬仰。理解了他的精神，也就理解了他为什么不接受朝廷的委任。"征书"，一作"征车"，指征召或征调的文书或车马。"三老"，原指三位道德高尚的人，这里指庄子、严光和严君平。

辛弃疾这首词以钓台为题，用流畅的笔法歌颂了严氏三老，作者本人思想和一生行迹虽以儒家思想为主，但是对于道家有着纯粹理想并一生坚守的隐士高人同样抱持欣赏态度。

（蔡　雯）

步蟾宫·钓台词

韩 淲

　　三年重到严滩路。叹须鬓、衣冠尘土。倚孤篷、闲自濯清风，见一片、飞鸿归去。　　人间何用论今古。漫赢得、个般情绪。雨吹来云、乱处水东流，但只有、青山如故。

▍词作者

　　韩淲（1159—1224），字仲止，一作子仲，号涧泉。韩元吉之子，一生淡泊荣利，以诗词自娱。

▎词赏析

　　《步蟾宫》，又名《折丹桂》《折月桂》，古代传说月亮中有蟾蜍，所以月宫又被称为蟾宫，此调本意是吟咏月宫风物，有游仙意蕴。本词双调五十九字，叶仄韵，上下阕各三仄韵。

　　韩淲选取《步蟾宫》为词牌吟咏钓台，本身已带有歌咏意味，似乎暗示钓台带有神仙气。作者以钓台山水作为背景和载体，感慨今昔。首句即拉开时间的距离"三年重到严滩路"，时隔三年，作者再次来到严滩。"严滩"，即严陵濑，在浙江桐庐县南，相传为东汉严光隐居垂钓的地方。据郦道元《水经注》记载："自县（桐庐）至於潜，凡十有六濑，第二是严陵濑。濑带山，山下有一石室，汉光武帝时，严子陵之所居也。故山及濑，皆即人姓名之。"三年的时间不算漫长，但作者三年后重游此地，正如厉鹗路过嘉兴的感受："只除须鬓改，何处不依然。""叹须鬓、衣冠尘土"，"须鬓"是胡须和鬓角，以"叹"作为领字可以看出其已改变，变得稀疏斑白，"衣冠尘土"写自己风尘仆仆，似是远道而来。三年的风尘似乎给作者带来很多直观的变化。"倚孤篷"提示我们作者是乘船而来，"孤篷"指孤舟上的篷，而历尽沧桑的作者一旦到达钓台，倚着孤舟上的篷，"闲自濯清风"，整体感觉无比闲适。他沐浴着干净的风，似乎整个人都被洗净，这是触觉的感受，写得细致入微。作者来时，须鬓斑白，满身尘土，"尘土"除了指衣冠上的土，似乎也有红尘中来的隐喻；而作者来到钓台，这一切尘世间的污浊好像瞬间都被洗净了。而洗净这一切尚且不需要富春江的水，只需要山水间的清风。此时，作者又为之补充上视觉的画面——"见一片、飞鸿归去"，看到一只大雁回归家乡。上阕虽笔法简明，但处处饱含深情，似乎由于严光精神的感染，钓台风物都沾染上远离尘嚣的精神气韵，作者来到这里就接受了从外到内的洗礼。

　　下阕作者直抒今昔之慨："人间何用论今古。"其实，昨天和今天并没有太多不同。在人世间，何必去探讨往昔和现在？在这种对比之下，"漫赢得、个般情绪"，只是徒劳地获得这些情绪。这种真实的情绪自是感慨昨是今非、物是人非的惆怅和悲哀。而作者稍一点染就将之托以景物来描写，"雨吹来云、乱处水东流"，此句写景物的变化，云化雨，雨吹云，水犹如时间永远东流去；"但只有、青山如故"，而不变的只有青山，与三年前作者来时，甚至当年严光垂钓时一样，郁郁葱葱，岿然不动。

　　这首词写得非常优美，作者对钓台的山风、江水、来云、青山都饱含深情，将所有景物都写得如此纯洁、干净，似乎可以涤净尘世里所有的风尘，表达出作者对隐士的追慕和对隐居生活的向往。

（蔡　雯）

桐 庐

刘克庄

桐庐道上雪花飞，一客骑驴觅雪诗。
亦有扁舟蓑笠兴，江行却怕子陵知。

▌诗作者

刘克庄（1187—1269），字潜夫，号后村，兴化军莆田（今福建莆田）人，南宋著名诗人、词人。出身官宦世家，以祖荫补将仕郎，初为隆兴府靖安县簿，后历任知州、转运判官、提刑等职，又曾长期游幕于江、浙、闽、广等地，以能吏、直声著称于时。其《后村先生大全集》存诗近四千五百余首、词二百余首，内容极为丰富。其人大体上属于江湖诗派，早年与"永嘉四灵"中的翁卷、赵师秀等人交往，诗歌创作受他们影响，学步晚唐体，追求精丽；后期开始转学陆游、杨万里，晚年诗风又趋向江西诗派。其词则受辛弃疾影响颇深，率多豪放之作，散文化、议论化的倾向比较明显。

▌诗赏析

这首诗见于《后村先生大全集》卷七，约作于南宋宁宗嘉定十六年（1223）冬，其时刘克庄三十七岁，方自福建家乡赶赴行在临安（今杭州）吏部改秩，途经桐庐。因为是在冬天，所以诗人没有如平常那样泛舟由水路入临安，而是骑驴行走陆路。

首句"桐庐道上雪花飞"直接点题，写出了地点、时令与场景。"桐庐道上"四字令人联想到《世说新语》中"山阴道上，应接不暇"之典，故作者虽未着笔详细描述雪下得如何，已经让人觉得刘克庄的桐庐冬行必定别有一番情调。

次句"一客骑驴觅雪诗"颇有意趣。"客"当然是作者自称；"一客"则写出了雪天行路的清静寂寥之意境，古有"独钓寒江雪"，今则一客独行雪地，同有冷峭之感；然而作者接下来三字"觅雪诗"，却一下子将气氛扭转：虽然天寒行路难，也阻止不了诗人"觅诗"的兴致。而骑驴、遇雪、作诗，也让人油然想到陆游的名句："此身合是诗人未？细雨骑驴入剑门。"如前所述，刘克庄诗后期曾学陆游，想必此句也是他联想到陆游而有意为之的吧？

第三句则宕开一笔，"亦有扁舟蓑笠兴"，谓虽然我现在是骑驴走陆路，可是我也有乘扁舟、戴蓑笠游览富春江的雅兴，毕竟富春江沿岸的风景可是遐迩驰名的。"扁舟"与"戴蓑"的意象也与柳宗元诗"孤舟蓑笠翁，独钓寒江雪"吻合，可见其自称"觅诗"，也的确都是有所本。

末句作者又作一转，谓自己之所以没有乘舟游览，是怕从江上经过钓台的时候让严子陵知道了。那么诗人为何作此言？其妙处就不得不说有些曲折了。作者为什么怕严子陵知道呢？如前所述，作者此次入临安的动因是"改秩"，而所谓"改秩"，就是改变官吏的职位或品级，多指级别提升。这对多数人而言，自然是难得的好事；可是历

南宋　李唐《清溪渔隐图》（局部）

史上的严子陵，却是鄙弃功名利禄的一代高士，像"改秩"这种俗事，严子陵必定会嗤之以鼻，所以作者才说怕他知道。当然这只是作者开玩笑式的自嘲而已，事实上作者之所以没有选择走水路，当是因为天寒江冻水路难行而已，作者换一种角度来说，却同时委婉地表达了对严子陵的敬仰，可谓别有深意在其中。

（汪梦川）

桐庐道中

姚　镛

两岸山如簇，中流锁翠微。
风帆逆水上，江鹤背人飞。
野庙青枫树，人家白板扉。
严陵台下过，不敢浣尘衣。

▌诗作者

　　姚镛（1191—？），字希声，号雪篷（一作雪蓬），又号敬庵，南宋绍兴府剡溪（今浙江嵊州）人。孝宗淳熙间参知政事姚宪之侄孙，宁宗嘉定十年（1217）吴潜榜进士。理宗绍定元年（1228）为吉州判官，三年迁吉州万安县令，以平定峒民起事有功，历赣州通判，擢知赣州，兼提举南安军、南雄州、汀州兵甲司。六年，因忤江西安抚使陈子华，被贬至衡阳安置，嘉熙元年（1237）方离开贬所，返回剡溪。姚镛为南宋江湖派诗人，与戴复古等人有交往。集存《雪篷稿》一卷，周密辑《绝妙好词》曾选录其作。

▍诗赏析

　　这是一首五言律诗，是诗人由水路经行桐庐时所作，诗中以写实的笔法描绘了沿途所见富春江的美景。首联先写远景：富春江两岸群山连绵起伏，如同聚集在一起，山影倒映在江水中，山光水色交织，一派青翠缥缈之感。颔联拉近镜头，写周围的近景。诗人乘坐的帆船正在迎风逆流而上，一只野鹤从江上飞过，与诗人前进的方向相背，离得越来越远（这里"背人"不是"背负"之意，而是背对、远离之意）。

南宋　夏圭《烟岫林居图》

颈联又将视野推远，诗人游目四顾，看到山野之中的寺庙掩映在青青枫树林中；沿江两岸的村落里，农家的白木板门非常醒目。这几联可谓写足了桐庐沿江的感官印象。

　　说起桐庐历史上最早、最为知名的胜迹，恐怕非严子陵钓台莫属（桐君事迹只是一个美好的传说，尚不足为信史）。史载严光与刘秀为同学至交，后来刘秀贵为光武帝，曾多次派人延请老朋友，但是严光坚决不肯出仕，而选择隐姓埋名退居富春山，以耕读垂钓为生。这种高士的美谈的确可谓名利世界中的一副清凉剂，由此严子陵钓台天下知名。后代文人但凡经过附近者，莫不以各种方式表达敬仰之情。或者对其人的淡泊名利表示追慕和亲近，如宋代诗僧释文珦《桐庐县》诗之"终期置茅屋，邻近钓台居"；或者对自己的奔波名场表示惭愧，如宋代刘克庄《桐庐》诗"亦有扁舟蓑笠兴，江行却怕子陵知"；等等。这首诗也不例外，尾联"严陵台下过，不敢浣尘衣"，谓诗人船行经过严子陵钓台，不敢脱下风尘仆仆的衣服洗一洗（意即没有上岸歇息游览）。而之所以"不敢"，究其情意也与刘克庄类似。所谓"尘衣"，即沾满尘土的衣服，衣服沾满尘土，当然是奔波道路所致。那么为何奔波？正如古语所云"天下熙熙，皆为利来；天下攘攘，皆为利往"，古往今来的芸芸众生，有几人不是终身奔波劳碌以求名求利？诗人扪心自问不及严光之清高自守，所以不敢在钓台之下浣洗风尘，以免污染了这一片清江。然则作者虽不及严光之高蹈，但比起以寻幽览胜为名附庸风雅者又要好得多了。

（汪梦川）

瑶琳洞

柯约斋

仙境尘寰咫尺分，壶中别是一乾坤。
风雷不识为云雨，星斗何曾见晓昏。
仿佛梦疑蓬岛路，分明人在武陵村。
桃花洞口门常掩，暴楚强秦任并吞。

▌诗作者

柯约斋（1210—？），号素叟，祖籍安徽池州，南宋诗人。父柯述，字仲常，大约于南宋宁宗朝庆元年间流寓至睦州桐庐县至德乡金潭庄（今浙江桐庐瑶琳镇金潭埠）。柯约斋为理宗宝祐四年（1256）丙辰科进士，与文天祥同榜。据文献记载，其人天性淡泊，不慕仕途，颇好游览山水，瑶琳洞作为近在咫尺的家乡胜地，自然是他足迹必到之处了。

▎诗赏析

　　瑶琳洞位于浙江桐庐县瑶琳镇骆驼山麓，是华东沿海亚热带湿润区喀斯特洞穴的典型代表，现在是国家级风景名胜区，以"瑶琳仙境"驰名海内外，而"仙境"的得名正是由于柯约斋这首诗的开篇二字。

　　此诗首联虚写，用两句话概括了瑶琳洞的独特之处：洞里如仙境、洞外如尘寰，咫尺之间简单直就是两个世界；进入洞中，如同进入了仙家的酒壶，真是别有一个天地。诗人以壶喻洞，极为新颖形象；再结合古代仙人"壶中别有乾坤"的传说，立刻就给人以非常鲜明生动的想象。

　　颔联进一步从听觉和视觉两方面展开实写，详细描述了喀斯特洞穴地貌的诸多瑰丽奇异的景色：洞中曲折幽深，正所谓空穴来风，耳中似传来阵阵风雷之声，却永远不会真的成云降雨；到处璀璨亮丽，宛如满天星斗照耀，让人忘记了时间的流逝、分不清白天黑夜。据清代《桐庐县志》载："瑶琳洞……洞口阔二丈许，梯级而下五丈余，有崖、有地、有潭、有穴；壁有五彩，状若云霞锦绮；泉有八音，声若金鼓琴笙；人语犬声，可惊可怪。盖神仙游集之所也……"读了这段文字，即便没有到过瑶琳洞，也可以想见其瑰丽之状。而柯约斋此诗则更早、更概括地为瑶琳洞做了刻画，两相对照，可知其所言不虚。

　　颈联又归纳总述游人的感觉，谓置身洞中，各种罕见的景象不似人间所有，简直让人怀疑是梦游，迷失在蓬莱仙山；又像是陶渊明笔下的武陵渔人误入桃花源，所见所感那么真实而又不可思议。两句一"仿佛"，一"分明"，一虚一实，亦幻亦真，颇有迷离惝恍的"仙境"之意趣。

　　尾联"桃花洞口门常掩，暴楚强秦任并吞"继续"桃花源"的意象承接而下，谓瑶琳洞人迹罕至，就像武陵"桃花源"一样，远离了尘世的喧嚣和人间的战乱，在对永恒自然的由衷赞美之外，更从侧面揭露了宋末的乱世景象，蕴含着对太平世界的向往和兴亡盛衰的深沉悲慨。这就使得这首诗不再是简单的游山玩水、吟风弄月之作，而隐约透露了一代士人的心曲。

　　柯约斋作为桐庐瑶琳镇的乡贤，可谓是瑶琳洞的最佳形象代言人，而这首《瑶琳洞》则是为"瑶琳仙境"预先量身定做的佳篇。所以在"瑶琳仙境"开发时，这首诗被刻在洞中第三厅的石壁上，同其不朽，成为永久的纪念，真可谓是自然与人文相得益彰了。

（汪梦川）

桐庐县

释文珦

潇洒桐庐县，名闻汉代余。
民风尚耕钓，土物富薪蔬。
江水连衢港，云山带越墟。
终期置茅屋，邻近钓台居。

▌诗作者

　　释文珦（1210—？），字叔向，自号潜山老叟，南宋临安府於潜（今浙江临安西南）人。早年于杭州出家，其后游历东南闽浙淮扬等地，曾遭谗下狱，久之方得免，遂遁迹不出以终，年八十余。文珦长于诗，有集，早佚。清人自《永乐大典》等搜集遗作成《潜山集》十二卷，收诗近九百首。集中独吟之作十之九，唱和之作不及十之一，所与唱和者又不过褚师秀、周密、周璞、仇远等人，皆一时高人文士。诗多山林闲适之作，比兴未深，而即事讽喻，义存劝诫，持论率能中理，四库馆臣以为"宋元以前僧诗之工且富者，莫或过之"，其人是一位颇有创作成就的诗僧。

诗赏析

释文珦的这首《桐庐县》虽是一首五言律诗，但内容风格都非常明显地受到范仲淹《潇洒桐庐郡十绝》的影响。诗的首联同样以"潇洒桐庐县"开端，自然不是偶然与前辈之作相合，而是明确向前辈贤哲致意，从中也可见这位诗僧腹笥之丰富。"名闻汉代余"则谓桐庐自汉代以降就颇负盛名，为何自汉代以降？当然是因为东汉严光的事迹。史载严光与光武帝刘秀为同窗好友，而自刘秀称帝以后，严光即坚拒其招揽，隐居富春江畔，其不慕富贵的高蹈之举自此传为美谈，而严子陵钓台也可谓是桐庐最广为人知的名胜。

颔联则对桐庐的民风、物产致以赞誉，谓此地民风古朴，以耕种渔钓自给为风尚。须知中国自古以农耕为百业之先，而"钓台"即得名于严光之垂钓富春江，所以上句又含蓄赞美了桐庐人民恪守古道、追步前贤的可贵品质；下句"土物"即土地出产之物，谓桐庐各种菜蔬、薪柴充盈，不啻直陈桐庐物产之丰富，足以支持老百姓安居乐业。

颈联则写桐庐的地理位置极为重要和优越。桐庐位于浙江省西北部、杭州市中部低山丘陵区，面临富春江，沿水路上溯，经新安江、千岛湖，可以直通浙西的衢州等地，而陆路往东，则可直达浙东绍兴、宁波等人文荟萃的古越之地。

尾联直抒胸臆，谓自己总有一天要在这里置办几间茅屋，而且一定要临近严子陵钓台，明确表达了对严光的仰慕之情，可谓卒章显志。

（汪梦川）

题桐君祠

方　回

问姓云何但指桐，桐孙终古与无穷。

遥知学出神农氏，独欠书传太史公。

可用有名留世上，定应不死在山中。

休官老守惭高致，政恐犹难立下风。

▌诗作者

方回（1227—1307），字万里，一字困甫，号虚谷，别号紫阳山人，徽州歙县（今属安徽）人。三岁而孤，由叔父抚养长成。二十岁后颇用心于诗，南宋理宗景定三年（1262）举进士。初以《梅花百咏》向权臣贾似道献媚，后来贾似道领兵与元军作战大败，又上书乞斩之。后曾知严州，元兵至，不战而降，被任命为建德路总管。晚年寓居钱塘，来往于杭州、歙县一带，元成宗大德十一年卒于杭州。遗集有《桐江集》《桐江续集》等。尤善论诗，有《瀛奎律髓》，力主江西诗派"一祖三宗"之说，在文学史上颇有影响。方回之人品固不足观，而诗及诗论则有可取之处。这首诗当是方回晚年所作，从尾联的"休官老守"四字即可知。

▌诗赏析

　　诗题"桐君祠"点明了所题咏的对象。"桐君"为传说中黄帝时期的医者，其人其名始见于《世本》。而据《严州府志》记载："上古桐君，不知何许人，亦莫详其姓字。尝采药求道，止于桐庐县东隈桐树下。其桐枝柯偃盖，荫蔽数亩，远望如庐舍。或有问其姓者，则指桐以示之，因名其人为桐君。"大意谓上古曾有仙人采药于此地，结庐于桐树下。人问其姓名，则指桐树示意，遂被称为"桐君"。按："桐庐"之名当也是来源于这个传说，而"桐君祠"则是后代为纪念桐君而建立的祠庙。

　　首联上句"问姓云何但指桐"，即前述桐君之故事，下句"桐孙"本意为桐树新生的小枝，如北周庾信《咏树》有云："枫子留为式，桐孙待作琴。"如此则"桐孙终古与无穷"意谓桐君留下的恩泽世世代代传之无穷。的确，如果把"桐君"视为桐庐的发祥之人，则此地的后世子民皆可视为桐君之后裔，所以这一句真可谓善颂善祷了。

　　颔联上句"遥知学出神农氏"，则是继续前述的传说，谓桐君是上古三皇之一、中医药祖师神农氏的传人；下句"独欠书传太史公"则是可惜司马迁的《史记》没有为桐君立传，以至于其姓名没有流传。这两句是对桐君的历史地位的再度肯定。

　　颈联"可用有名留世上，定应不死在山中"又更进一步发出议论，谓桐君泽被后代万世，已经不需要在世上留下姓名，而山中的一草一木乃至桐庐的百姓都应该记得桐君当年的功德，这样才是真正的不朽。

　　尾联上句的"休官老守"即退休的地方长官之意，如前所述，方回于宋末曾知严州、元时又任建德路总管，桐庐正在其辖下；"高致"即高尚的情操；下句的"政"即"正"。故"休官老守惭高致，政恐犹难立下风"，这两句是作者以退休的地方长官的身份反思，谓自己与桐君相比非常惭愧，恐怕连站在下风都不好意思。"立下风"本是谦词，然而以前述方回之为人，这倒反而可以说是有自知之明了。

（汪梦川）

南宋　赵伯驹《江山秋色图》（局部）

春日田园杂兴

魏新之

一点阳和薰万宇，最饶佳致是山庄。
鸡豚祝罢成长席，莺燕听来隔短墙。
嗜酒不嫌多种秫，无襦长恨少栽桑。
东郊劝相何烦尔，农圃吾生自合忙。

▎诗作者

魏新之（1242—1293），作德夫，一字子进，号石川，南宋严州桐庐人。度宗咸淳七年（1271）登进士第，授庆元府学教授。宋亡后归故里，以遗民终老。元廷求贤江南，地方举以应命，魏新之坚辞不就。至元二十三年（1286），宋遗民吴渭等组织"月泉吟社"，魏新之即加入其中。按："月泉吟社"是元初人数最多、规模最大、影响最深远的遗民诗社。

诗赏析

魏新之与"月泉吟社"还有些颇为有趣的故事。按顾嗣立《元诗选》载："宋义乌令吴渭，字清翁，号潜斋，约诸乡遗老为'月泉吟社'，预于小春月望日命题，至正月望日收卷……因用范石湖故事，以'春日田园杂兴'为题，延谢翱皋羽、方凤景山、吴思齐子美，相与甲乙评骘。"最后的结果，是罗公福（即连文凤）第一名，魏新之第二十一名。但清代名士王渔洋则对这一名次表示不认可，其《池北偶谈》云："宋末浦江吴渭倡月泉吟社，赋'田园杂兴'近体诗，名士谢翱辈第其高下。诗传者六十人，清新尖刻，别自一家……窃谓皋羽所品高下未尽当意，因戏为易置次第如左：春日田园杂兴。第一名子进（本名魏新之，号石川）……二十一名罗公福（连文凤，号应山，

原第一名）。"也就是说，王渔洋认为魏新之才应该是第一名，故将他和罗公福的名次互易。虽然这只是王渔洋的一家之言，但也足见魏新之诗之可观了。

这首诗就是当年魏新之的社课之作。"春日田园杂兴"本为南宋大诗人范成大所作大型组诗《四时田园杂兴》的一部分，范氏所作为七绝十二首，主要描写农村春季的景色和农民的生活。"月泉吟社"以"春日田园杂兴"为题组织活动，其用意也是通过抒写遗民躬耕自给的田园生活，表达不与元统治者合作的精神。

首联"阳和"即阳气，也即春天的温暖气息，"山庄"指山里的村庄。意谓春天一到就温暖了天下，而农村里的景色变化最为明显，美好的景致也最多，为下文的分写定下了基调。

南宋　马和之《赤壁后游图》（局部）

　　颔联"鸡豚祝罢成长席，莺燕听来隔短墙"实写农村的典型景象：春社祭祀完毕之后，村里摆起了长长的宴席，耳边听到墙外新莺乳燕的娇啼，从视觉和听觉两方面做出了精准的概括，从中可见田园生活的自足与闲适。

　　颈联"嗜酒不嫌多种秫，无襦长恨少栽桑"是这首诗的核心之句。作者化用东晋隐士、田园诗之祖师陶渊明的典故，含蓄表明自己的遗民立场。按：陶渊明《归去来兮辞序》自谓"彭泽去家百里，公田之秫，足以为酒，故便求之"，又南朝梁萧统《陶渊明传》记载："公田悉令吏种秫……妻子固请种粳，乃使二顷五十亩种秫，五十亩种粳。"此联上句"种秫"即出此，谓我像陶渊明那样喜欢喝酒，所以也不嫌种秫太多；下联"栽桑"则化自陶渊明《拟古》名作："种桑长江边，三年望当采。枝条始欲茂，忽值山河改。柯叶自摧折，根株浮沧海。春蚕既无食，寒衣欲谁待。本不植高原，今日复何悔。"历来公认陶渊明此诗极具象喻意味，尤其末句表明了作者在晋宋易代之后清贫自守的气节。魏新之这句诗则反其意而用之，谓我现在清贫至无襦可穿，真是后悔没有多种桑树。言下之意就是以后当多种桑树以养蚕自给，颇为切合田园生活之主题。

　　诗的尾联又归结到眼前的春日农村生活。"东郊"泛指郊外、田野，"劝相"即劝助、劝勉之意。整联意谓：都不用你劝我到野外春耕劳作了，我自家的田园我自然会去忙着打理。

　　这首诗整体上看写的确然是典型的农村生活，其中颈联的用意则颇为含蓄曲折，或者正是因为王渔洋发现了其中的妙处，才认为魏新之的诗应该在"月泉吟社"诸作之中拔得头筹吧！

（汪梦川）

西台哭所思

谢 翱

残年哭知己，白日下荒台。
泪落吴江水，随潮到海回。
故衣犹染碧，后土不怜才。
未老山中客，惟应赋八哀。

诗作者

谢翱（1249—1295），字皋羽，一作皋父，号宋累，又号晞发子，原籍福州府长溪县，徙建宁府浦城县（今属福建南平）。南宋度宗咸淳间应进士试不第。后跟随文天祥抗击元军，转战于闽、粤、赣等地，兵败后脱身避地浙东，与方凤、吴思齐、邓牧等结"月泉吟社"，社课作品《春日田园杂兴》即曾交由其主持品评高下。

谢翱是南宋著名遗民诗人，有《晞发集》传世。其诗作有鲜明的时代感，风格沉郁激越，充满爱国之情与遗民之思，在当时即负盛名。明代大学者杨慎更称其为"宋末诗坛之冠"。

▌诗赏析

至元二十七年（1290），即文天祥抗元失败就义后八年，诗人登临严子陵钓台，设文天祥牌位于荒亭，作诗文祭吊。元贞元年（1295），诗人客死于桐庐；次年，友人方凤、吴思齐等将其移葬于钓台之南。这首诗即是诗人祭吊文天祥之作。诗题"西台"即严子陵钓台，位于富春山，是桐庐闻名天下的历史遗迹，也是谢翱祭吊文天祥之处；而"所思"之人也就是文天祥。

这首诗首联对仗而颔联不对仗，是一首变体五律。首联"残年哭知己，白日下荒台"直接点题，"残年"一般谓晚年，当时谢翱不过42岁，所以这里可以理解为忍死之年，"知己"即文天祥，"荒台"即荒芜的钓台。"白日下荒台"句既是实写当时傍晚的情景，更以"日落"这一经典意象暗喻已经灭亡的故国宋王朝，流露出深沉的遗民之哀。

颔联"泪落吴江水，随潮到海回"则直抒诗人的哀痛之情。"吴江"指钓台之下的富春江，谓作者的眼泪落到江中，一直流到下游钱塘江入海，更随着潮水往复不止，意即这种哀痛如江海般浩荡沉重，而且永远也不会停息。

颈联"故衣"指文天祥遗留的衣物。"碧"即所谓"碧血"，典出《庄子·外物》："苌弘死于蜀，藏其血，三年而化为碧。"因此"故衣犹染碧"即谓文天祥留下的衣服上还有血迹，令人目击心伤。"后土"即土地神，"后土不怜才"句则是控诉天地不仁，竟然一点没有怜惜人才之意，而让文天祥这样的人物牺牲。

尾联"山中客"是作者自指；"八哀"则是指杜甫的一组哀悼八位时贤的名作《八哀诗》。这两句是说，我虽然还没有老，可是只能隐居在山野中，学着杜甫写一些悼念友人的诗作而已。诗中的沉痛与自责尽在不言之中。

　　这首诗通篇直抒胸臆，可谓遗民血泪之辞。而除了这首诗以外，谢翱还写有《登西台恸哭记》一文，也是名篇佳作，可以相互参照。

（汪梦川）

南宋　刘松年《秋窗读书图》

游圆通寺

马世珍

山空不隐响，一叶落还闻。
龙去遗荒井，僧归礼白云。
虫丝昏画壁，岚气湿炉薰。
睡思浑无奈，茶瓯易策勋。

▌诗作者

马世珍，生平不详。此诗录自清代厉鹗所编《宋诗纪事》卷八十二，自注出自《严州府志》。

诗赏析

据佛典《楞严经》第六卷（即俗称《观世音菩萨耳根圆通章》），观音菩萨证得无上殊胜的耳根圆通。故观音菩萨以"圆通"为法号之一，而各地以"圆通"为名的寺庙也多是观音道场。桐庐圆通寺始建于唐贞观八年（634），初名"紫竹林"，供奉观世音像。会昌年间（841—846），时值唐武宗灭佛之际，紫竹林反而扩建为寺，名"圣德寺"，又名"潮音寺"。宋大中祥符七年（1014），朝廷赐名"圆通禅寺"。其后圆通寺屡遭毁坏、重建，现在的圆通寺于 2005 年重建开放，位于桐君街道圆通路十五号，面临富春江，背倚舞象山，青山环抱，清静庄严，是两江一湖（富春江、新安江、千岛湖）风景名胜区中规模最大的佛教寺庙，素有"浙西普陀"之称，历来与拉萨布达拉宫、昆明圆通禅寺、舟山普陀山齐名，并称为中国著名的"四大观音道场"。

这是一首五律。首句"山空不隐响"很容易让人联想到王维的名作《鹿柴》中的"空山不见人，但闻人语响"两句，以经验而言，的确越是空寂的山中越是能听清楚细微的声音，所以下句云"一叶落还闻"，连一片树叶落地都能听见。此联极写寺庙的环境之清静。

颔联上句"龙去遗荒井"，"荒井"指圆通寺后的"称心泉"，《严州府志》云其"味极甘美，饮者喜之，故名称心"。此联上句展开想象，谓井中此前当有龙，如今龙已离去，只留下这口泉井。按佛教传说，龙为护法"八部"之一，常常庇佑伽蓝及善男信女。这里说龙已离去，只留下一口荒废的古井，则是说明当时圆通寺的冷清。下句"僧归礼白云"则可能是作者所见，谓圆通寺虽然清寂，但还是有僧人在此与白云为伴清苦修持。

颈联"虫丝昏画壁，岚气湿炉薰"则进一步从细节刻画了圆通寺的破败景象。上句谓寺庙室内光线昏暗，墙上的壁画也罥满了各种虫网；下句则谓寺中香火冷清，连香炉里也没有烟火，以致被山上来的湿气侵透。

尾联则是诗人由所见而生所感。上句"睡思浑无奈"是说自己遍览了圆通寺的凄清冷落之后有感于心，所以完全没有睡意；下句"茶瓯易策勋"，"茶瓯"即茶杯或茶碗，宋代盛行"斗茶"之风，自士大夫以下乃至乡村、寺庙，莫不如此，"策勋"即记功勋于策书之上，此处可以指代人间的功名利禄之事。此联大意，即谓因为日间游览而有所感，故全无睡意，只好煮起一瓯茶，聊以驱遣自己为功名奔波之感。所感者何？佛教认为万事皆有"生住异灭"之变化过程，圆通寺曾经屡毁屡建，正是一个生动的现实注脚。作者也许就是因为看到盛极一时的圆通寺如今也凄清冷落，故而生出些许幻灭之心，感到人世间的功名利禄再也不重要了，还不如换一瓯清茶来得实在，这也算是作者的一种人生顿悟吧！

（汪梦川）

宿雨清畿甸

朝陽麗帝城

豐年人樂業

隴上踏歌行

南宋 馬遠 《踏歌圖》

一九八〇叶浅予画 一九八二王镛姜宝林摹

富春山水之胜，历代以来诗人吟咏颇多，元黄公望子久有富春山居图传世。我出生是地，工作在外。一九七六年大病后，乘[illegible]浦江之际，返故乡探亲，成山居新画第一稿。次年初春，复遊富春，自六和塔溯江而上，舟行山光水色间，访桐庐、七里泷、梅城、白沙诸点，并深入芦茨、茆坪山区，探寻画卷素材，完成第二稿。一九七八年秋，居七里泷电厂一月，经营第三稿，为表现季节特徵，易水墨而用重色，完成全卷三分之二。一九七九年是一场大病，未曾动笔。八〇年春再到桐庐，续画山居风光，完成全卷。

贯穿浙江南北的这条大江，[illegible]，自杭州至富阳叫钱塘江，富阳经桐庐到梅城叫富春江，梅城以上分别叫兰江、金华江、衢江。从历史考察，富春流域包括现在的富阳、桐庐两县和建德县的一部分。这个地区秦汉时总称富春县，江以县得名。到了东晋，因避皇太后阿春之讳，改称富阳县，江名未改。黄子久是元代四大山水画家之一，江苏常熟人，曾旅居富阳筲箕泉，他的富春山居图自一三四七到一三五〇共画了三年。全画取景多远渚、近丘、荒村、疏林，穿插叠嶂峰峦，近似桐庐富阳山川特徵。我从小生活在这个地方，抗日战争前经常回故乡，那时的富春山水风貌和黄子久去六百年前所作的画卷形象相差不多。革命后三十年，社会面貌大变，山川面貌也不能保持其固有的状态了。黄子久的山居画是小桥茅屋、风帆钓艇，情调淡雅，古意盎然，而今天的富春江两岸，却是长桥电架、高坝截流，

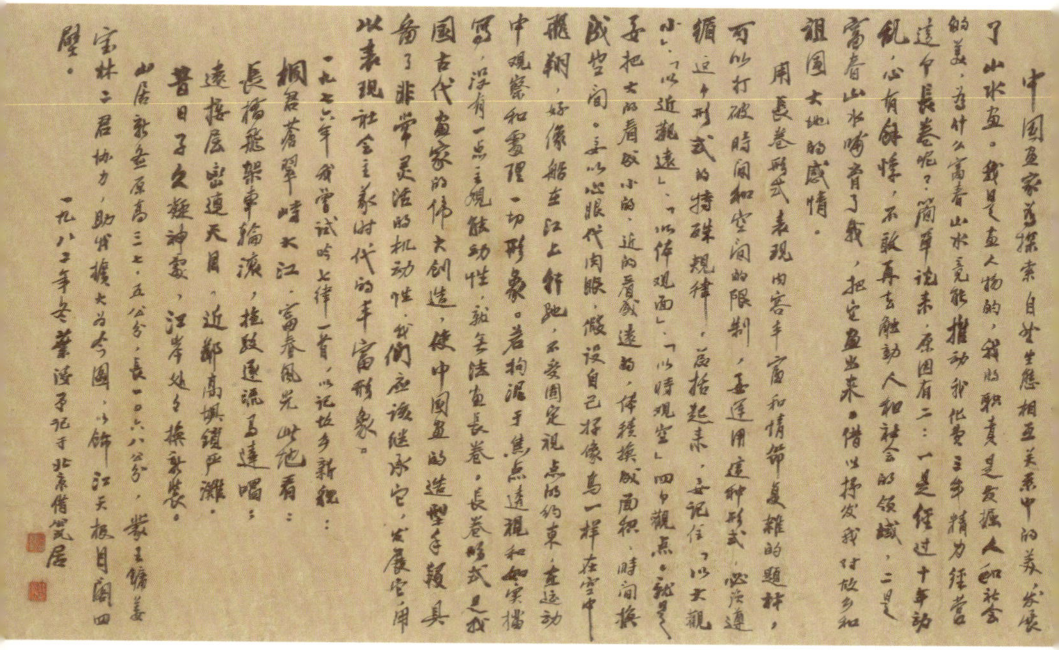

桐庐

Hundred Poems in Tonglu

百诗

南开大学中华诗教与古典文化研究所 编著

元朝＼明朝＼清朝

浙江大学出版社 · 杭州

ZHEJIANG UNIVERSITY PRESS

目 录 |

元 朝

明 朝

元朝

元　黄公望《富春山居图》（剩山图）

过钓台

鲜于枢

霜发孤舟客，风帆七里滩。
渔家江树晚，雁影水云寒。
乡近人情好，年丰老虑宽。
归舟真误矣，何事着儒冠。

▌诗作者

鲜于枢（1246—1302），字伯机，号困学山民、直寄老人，晚年营室名"困学之斋"。著有《困学斋集》《困学斋杂录》。

▎诗赏析

　　诗题名为"过钓台"，钓台本泛指钓鱼的高台；东汉时期严子陵隐居不仕，垂钓于富春江，所以钓台又被用以特指严子陵垂钓处，而带有强烈的隐逸意味。

　　前四句景物描写，营造出了一种清冷的氛围，用"霜""风""寒"字眼勾勒出霜风凄紧的孤寂场景，更何况远行的人还是"孤舟客"。在这样一片水天相接、云烟迷蒙中，孤舟更添朦胧寂寥之感。富春江七里泷段，又称七里滩、严陵滩，江面狭窄、江水澄澈，为"严陵八景"之一。东风一起，千帆竞发，长滩仿佛七里，很快就能渡过；如果无风，就得靠人工拉纤，路途遥遥仿佛有七十里之远，所以有"有风七里，无风七十里"的说法。这里的"风帆七里滩"写出了诗人归乡的急迫心情。

　　随着归程越来越近，诗人的心理产生了新的变化。因为不远处的乡村与之前自己所处的环境是完全不同的，乡村田园生活自在悠然，人情自然淳朴好客。随着离家乡的路程越来越近，诗人不仅没有"近乡情更怯"的担忧和不安，反而感觉"乡近人情好"，说明乡间淳朴生活对诗人心灵的慰藉。不仅人情淳朴、乡间有爱，而且田园耕作还充满着丰收的喜悦。陆游在《游山西村》中说"莫笑农家腊酒浑，丰年留客足鸡豚"，孟浩然在《田家元日》中说"田家占气候，共说此年丰"，都可以看出田园生活虽然不是大富大贵、车马锦绣，但土地丰收带来的喜悦是无可比拟的，农家生活简单又自在，心里的思虑自然也少了很多，心情得到了放松，也就是所谓"心宽"，所以诗人说"年丰老虑宽"。尾联诗人直抒胸臆，发出"归舟真误矣，何事着儒冠"的感慨。"归舟"是诗人的人生选择，意味着远离是非名利之地，转而投向了更淳朴、更闲适的乡间生活。苏轼在《临江仙·夜饮东坡醒复醉》中有"小舟从此逝，江海寄余生"的旷达之语，都是在现实中生出的超脱之意。"何事着儒冠"这一句则化用了杜甫《奉赠韦左承丈二十二韵》的"纨绔不饿死，儒冠多误身"句。元好问在诗中说"一钱不直是儒冠"，陆游的《谢池春·壮岁从戎》也说"壮岁从戎，曾是气吞残虏。阵云高、狼烽夜举。朱颜青鬓，拥雕戈西戍。笑儒冠、自来多误"。这是千古文人常见的感喟，在自己空有一腔政治热忱与抱负却不能得到赏识和重用的时候，将壮志豪情转入山水田园，或是寄情山水、放舟江湖，或是回归乡间、对饮邻翁，感慨读书人满腹经纶误了平生，是自嘲，也是无奈。

诗人经过钓台这个带有强烈隐逸意味的地方时，由启程时郁郁的"孤舟客"转变为闲适的"归客"，减却了功名利禄之心，多出了闲适自如之意。全诗流露出诗人对乡间淳朴生活的赞美与向往，但字里行间仍不免带有失意自嘲的无奈之感。

（苏靖雯）

桐庐道中

赵孟頫

历历山水郡，行行襟袍清。
两崖束沧江，扁舟此宵征。
卧闻滩声壮，起见渚烟横。
西风林木净，落日沙水明。
高旻众星出，东岭素月生。
舟子棹歌发，含词感人情。
人情苦不远，东山有遗声。
岂不怀燕居，简书趣期程。
优游恐不免，驱驰竟何成！
我生悠悠者，何日遂归耕？

▌诗作者

赵孟頫（1254—1322），字子昂，号松雪道人。宋亡，仕元官至翰林学士承旨，死后封魏国公。善诗文，长音律，尤擅书法，与欧阳询、颜真卿、柳公权并称"楷书四大家"。

▌诗赏析

　　这首诗写诗人乘舟经过桐庐，舟行江上，诗人有对眼前景色的赞赏，也有远行的幽怨之情。诗人借眼前景写心中事，多处用典来表达自己的思乡之情和归隐之意，将自己的情志注入山水行游之中，余味不尽。

　　开篇"历历山水郡，行行襟袍清"写行舟路途的遥远，千山万水的漫长跋涉，"历历"写路途之遥，"行行"写奔波之苦。《古诗十九首》名句"行行重行行，与君生别离"中连用五个阳平，没有一

元　赵孟頫《百尺梧桐轩图》（局部）

点起伏之感，来表现这种越走越远、往而不返的生生别离之苦，语言
如此质朴，可其间悲伤的力量却是如此深刻。这里诗人也用"历历"
和"行行"来表现舟行的画面感和远行的距离感。路途遥远，难免会
沾染风尘，诗人强调自己始终保持"襟袍清"，也就是说诗人的胸怀
始终是坦荡的。清代女诗人席佩兰有一首《喜外归》，写妻子迎接落
第的丈夫回家的情景，她以"纵怜面目风尘瘦，犹睹襟怀水月清"来
劝慰丈夫，失意落第不要紧，我知道你的胸怀始终是坦荡的、心志始
终是高洁的，这就已经足够了。这里诗人的心绪也是如此，首联在写

景的同时，又寄寓了自己的情志。

接下来写一叶扁舟在两岸江水中开始远行，江水广阔无边，更衬得远行人的孤单。夜晚江水声浩浩荡荡，晨起所见又是烟雨迷蒙。诗人用"滩声""渚烟""林木""沙水""星""月"来反复勾勒江上夜晚和白天的景象，极添日月往复交替之感。"素月"意为皎洁的月亮，杜甫亦有"江城带素月，况乃清夜起"诗句。离开家乡远行的人怕见到一轮明月高悬，见到月亮思念自己的家乡，触景更伤情。"棹歌"是渔民划船时所唱之歌，郦道元《水经注》中说："故渔者歌曰：'巴东三峡巫峡长，猿鸣三声泪沾裳。'"诗人乘舟远行，心情本来就十分惆怅，一路所见的景色更使得诗人触景生情、牵动愁思，此时耳畔再传来舟子唱着的棹歌，歌词饱含凄凉之感，更添行人的离愁别怨。"东山有遗声"用《诗经·东山》典故，"我徂东山，慆慆不归。我来自东，零雨其蒙"，以一位普通战士的视角，叙述东征后归家前的复杂、真挚的内心感受，抒发思乡之情。这里诗人借"东山遗声"表达自己的思归之意。在结尾处诗人不禁发出感慨：自己这样远离家乡、路途奔波，所追求的又是什么呢？到底什么时候才能抛开这些羁绊，回归到简单的田园耕作生活中呢？全诗清新自然，写景远近相宜，抒情真挚温厚，不作激愤语，意味盎然。

庙堂与江湖，出世与入世，是千古文人绕不开的话题。从陶渊明开始，田园生活就成为文人雅士的精神家园与感情寄托。在离开家乡、求取仕途的道路上，诗人常常会抒发思乡之情与归隐之意，渴望不被功名利禄牵绊的自在生活。不论是陶渊明的"久在樊笼里，复得返自然"，还是张耒的"久斑两鬓如霜雪，直欲渔樵过此生"，都与赵孟頫"我生悠悠者，何时遂归耕"所传达的心情是一致的。这种"归隐意"与开篇"襟袍清"相对，都是诗人内心志趣的表达。

（苏靖雯）

夏圭晴江归棹图

黄公望

漠漠江天吴楚分，几重树色几重云。
客心已逐归帆好，谁道溪边有隐君。

■诗作者

黄公望（1269—1354），字子久，号大痴道人。元代画家，通音律，工书法。与吴镇、王蒙、倪瓒并称为"元四家"。晚年隐于山水间，以书画闻名于世，作品有《富春山居图》《九峰雪霁图》等。

▌诗赏析

这是一首题画诗。题画诗是一种特殊的艺术形式，是诗人为画作所题的诗歌，诗画互补，使诗歌意境更加深远。宋人郭熙在《林泉高致》中引前人语说"诗是无形画，画是有形诗"，可见题画诗体现了诗学与书画艺术的双向互动，是文学与艺术融合的独特形式。题画诗有自题画诗和题他人画诗两种形式，比如王冕的《墨梅》"我家洗砚池头树，朵朵花开淡墨痕。不要人夸好颜色，只留清气满乾坤"，徐渭的《题〈墨葡萄图〉》"半生落魄已成翁，独立书斋啸晚风。笔底明珠无处卖，闲抛闲掷野藤中"，都是自题之作。苏轼的《惠崇春江晚景》其一"竹外桃花三两枝，春江水暖鸭先知。蒌蒿满地芦芽短，正是河豚欲上时"，是为好友惠崇和尚《春江晚景》所题，是题他人画。黄公望这首诗所题写的则是夏圭的画作《晴江归棹图》。

首句"漠漠江天吴楚分"，用"漠漠"形容江面广漠沉寂的样子，给人以空旷辽远之感，将画面的空间感向外无限延伸。韦应物《赋得暮雨送李胄》中"漠漠帆来重"，也用"漠漠"来写楚江微雨的烟雨迷蒙之感。接下来的"几重树色几重云"则进一步描绘了江上风景，在烟水浩渺的江面上，若隐若现大片的树木和云朵。前两句以意境取胜，没有工笔细致勾勒景致，而是传达出浩渺的神韵，给人朦胧幽深之感。黄机的《忆秦娥》中"离愁不管人飘泊。年年孤负黄花约。黄花约。几重庭院，几重帘幕"，连用两个"几重"写出庭院深深的孤寂之感，庭院愈深、孤寂之感愈强；魏庆芝的《过玉林》中"一步离家是出尘，几重山色几重云。沙溪清浅栈边路，折得梅花又见君"，也是连用两个"几重"来写迷蒙的云雾中的景色，为后面不经意折梅见君的路转峰回作铺垫。诗歌前两句描摹的江水漠漠、水天一色的高远意境与《晴江归棹图》景色融为一体，更添飘然之感。三、四句在景色描绘后转而写人生态度，"客心已逐归帆好，谁道溪边有隐君"写出了两种不同的人生选择，即红尘中奔波劳碌的过客与隐居山水的高士。江面上的游子归人匆匆而过，奔波不停，是俗世中努力生活的人。与之相对的是林溪边早已忘却世俗烦忧的隐士，自在逍遥、独具风流。匆匆过客自是无暇欣赏隐士的闲适潇洒，而隐士更是早已超脱红尘之外，不管世俗人的眼光。两种人生姿态的对照，余味尽在不言中。

黄公望是诗人兼画家，别具名士气度。他的题画诗艺术价值极高，诗人将山水的景致之美与自身的幽淡性情交织其中，更添平淡自然之美。

（苏靖雯）

元 黄公望《天池石壁图》

追和鲜于公寄山斋先生钓石诗

杨维桢

星滩分得小双台，不染东华半点埃。
爽气时从仙掌出，青天忽见岳莲开。
云根远带桐江水，夜雨新生海眼苔。
九朵峰前成屡忆，不随霜鹤寄诗来。

▍诗作者

杨维桢（1296—1370），字廉夫，号铁崖、铁笛道人，浙江诸暨人。元末明初诗人、文学家、书画家。他的诗歌多清新劲拔之美，而以古乐府诗最具特色，史称"铁崖体"。杨维桢对富春山水极其喜爱，留下了许多诗歌和文章，有《东维子文集》《铁崖古乐府》等传世。

诗赏析

　　这是一首和诗，整首诗想象力丰富、意象奇特、气势雄健。"东华"是传说中仙人居住的地方，"仙掌"指仙人之掌，汉武帝建仙人承露盘，仙人掌上托盘，以受仙露，武帝将其"和玉屑饮之"，以求长生不老。李贺著名的诗篇《金铜仙人辞汉歌》就是写汉宫承露仙人离汉宫花木而去，感怀旧事、泪水涔涔的样子。这里说"爽气时从仙掌出"，说明这个"气"并非凡间之物，而是仙家之气。下句"岳莲"用的是传说中的典故，相传华山山顶有天池，内有千叶莲花，服之可飞升成仙。这两句用"时从"和"忽见"写出仙界变幻莫测的奇幻之景。

　　接下来想象愈发奇特，"云根远带桐江水"写出水天一色的无边无际，成片的云朵与桐江水连在了一起，看不到尽头。"夜雨新生海眼苔"用的是"海眼"的传说，传说海眼是一个深不可测的洞穴，石笋长在海眼上是为了堵住它，一旦拔掉石笋，海眼就会暴发海水，再也堵不住。杜甫有一首诗《石笋行》写："君不见益州城西门，陌上石笋双高蹲。古来相传是海眼，苔藓蚀尽波涛痕。雨多往往得瑟瑟，此事恍惚难明论。"杜甫从石笋镇海眼的传说出发，驳斥世俗迷信观念，指出这种传说是难以说清的，并且借此讽喻当朝的奸佞臣子迷惑天子造成朝政的混乱，感慨"惜哉俗态好蒙蔽，亦如小臣媚至尊"。在这首诗中，杨维桢写"海眼"是为了突出险怪景象，一夜之间的雨水就催生海眼中的海水源源不断地冒出来，长出了厚厚的苔藓，这种朝夕之间的变化带来无比的震撼。尾句"霜鹤"是指白鹤，文学作品中常常用白鹤来比喻得道成仙之人。丁令威化鹤而去的典故见于《搜神记》："丁令威，本辽东人，学道于灵虚山，后化鹤归辽，集城门华表柱。时有少年举弓欲射之，鹤乃飞，徘徊空中而言曰：'有鸟有鸟丁令威，去家千年今始归。城郭如故人民非，何不学仙冢累累。'遂高上冲天。"丁令威化鹤而去的典故常常被后世文人引用。李白诗中曾说"不知曾化鹤，辽海归几度"；吴文英也在词中说"华表月明归夜鹤，叹当时、花竹今如此”。

整首诗多用神话、道教典故，营造出奇幻仙境，杨维桢“铁崖体”瑰奇的艺术风格与李贺诗风相近，善于在诗歌中描摹仙鬼之境，多奇情异景，并借奇谲意境与雄健气势表达个人主观情志。

（苏靖雯）

张小山捐俸重修桐君祠

徐 舫

先生远有烟霞趣，镌玉捐金隐者祠。
瑶草久荒云一片，碧桐仍见凤双枝。
芙蓉日静文书暇，杖履春来啸咏迟。
他日幽期何处好，寒松花发鹤归时。

▎诗作者

　　徐舫（1299—1366），字方舟，自号沧江散人，浙江桐庐人。幼年慷慨豪侠，既而致力于读书，立志获取功名。学业既成，又认为人生贵在适意，于是寄情山水，筑室于江皋，以诗歌自娱。

元　高克恭《云横秀岭图》（局部）

▌诗赏析

这首诗的作者徐舫，是土生土长的桐庐人。桐庐自古就有隐逸之风，徐舫也不愿做官，在富春江边筑室吟诗，自号"沧江散人"，与文人雅士交游往还。在徐舫的朋友当中，有一位是元代著名的散曲大家张可久。张可久，别号"小山"，一生怀才不遇，只做过一些小官。他在桐庐担任典史的时候，因为喜爱这里的山水人情，便把自己的俸禄捐出来修缮当地的桐君祠。这首《张小山捐俸重修桐君祠》，便是徐舫为此事而作。

桐君被尊称为"中药鼻祖"，相传在黄帝时期，他隐居在山上采药炼丹、悬壶济世，当地人很感激他，问他姓名，他却不说，只是指了指梧桐树。当地人因此尊称他为"桐君"，他结庐而居的山被称为"桐君山"，"桐庐"这个地名也是由此而来。

这样一位可敬的隐者自然让后世诸多士人君子觉得志趣相投。徐舫说张可久"先生远有烟霞趣，镌玉捐金隐者祠"，不仅仅是在赞美他捐资重修桐君祠的善举，更是对他隐逸山林之志趣的认同。

颔联"瑶草久荒云一片，碧桐仍见凤双枝"，"瑶草"是传说中能令人长生的仙草，"碧桐"是凤凰栖息的嘉木，这两个意象暗中点出了桐君的身份和称谓。而诗句的口吻则充满了对桐君老人的怀念：没有人打理的仙草已经荒芜了，当日桐君指以为名的梧桐树还在，物是人非，令人怀想。

颈联"芙蓉日静文书暇，杖履春来啸咏迟"则是抒写张可久在桐庐做典史的生活状态。他在公事闲暇的时候拄着拐杖登上桐君山长啸吟咏，春日迟迟，光阴闲静，十分自在写意。需要注意的是，这里的"芙蓉"并不是指莲花，而是古人对幕府的美称。张可久身为典史，正是县令的幕僚，所以他工作的地方也可以被称为"芙蓉幕""芙蓉府"。

尾联"他日幽期何处好，寒松花发鹤归时"又使用了一则与仙人有关的典故。相传在西汉时期，辽东人丁令威在灵虚山上学道，后来化为白鹤飞回家乡，在空中徘徊高唱："有鸟有鸟丁令威，去家千年今始归。城郭如故人民非，何不学仙冢累累。"丁令威化鹤是古诗词中常用的典故，这则典故内涵非常丰富，既有高蹈出尘的道教神仙思想，又蕴含着古人眷恋故乡的情怀。

古人安土重迁，注重人生的归属。带给人归属感的不仅仅是地理上的家乡，更是一个人的心之所安。诗人徐舫在结尾使用这个典故，表面上是对张可久未来生活的一种设想，同时也流露出自己对"心之所安"的探寻。苏轼《定风波》词云："此心安处是吾乡。"一个离群索居的隐者如何找到自己心灵的故乡？有人悬壶济世、默不留名，有人寄情山水、放浪形骸，前人用自己的选择和行动一遍遍地回答着这个问题。选择怎样的生活能让自己安心顺意，也是我们现代人应该思考的问题。

（于家慧）

过桐庐

张以宁

江边三月草凄凄，绿树苍烟望欲迷。
细雨孤帆春睡起，青山两岸画眉啼。

▎诗作者

张以宁（1301—1370），字志道，自号翠屏山人，元末明初文学家。
著有《翠屏集》。

▌诗赏析

本诗是诗人过桐庐时所作，描写的是桐庐春天微雨的优美景色，观察入微、写景清丽，整首诗的风格清新自然。廖行之在《和春游》诗中说"一年最好春三月"，阳春三月的景色最是迷人，何况桐庐所在的江南地区，更是莺飞草长、春意闹人。诗的前两句写诗人舟行江上所欣赏到的江边景象：阳春三月，江边草木一片青绿，绿树如团如雾，远远望去朦朦胧胧，充满春天的勃勃生机，一派春意盎然景象。后两句写诗人的感受，在微微细雨中诗人春睡刚刚起，两岸青山从旁边掠过，画眉鸟在远处啼叫。南宋僧人志南在诗中说"沾衣欲湿杏花雨，吹面不寒杨柳风"，初春的雨是"细雨"，若有若无、似湿又不见湿，没有一丝寒意，如此的轻柔。画眉鸟在林间自由自在地啼叫，如此的清脆悦耳。

整首诗用"绿树""细雨""青山"等意象互相映衬，在诗情中充满画意，极具色彩美与画面感。在一片春意中，又有画眉鸟时时的啼叫作映衬，更显得春意闹人。短短四句，将诗人对桐庐春天的细腻感受描摹得极其真切。春天象征着生机与希望，古今赞美春天景象的诗词数不胜数。无论是韩愈的"最是一年春好处，绝胜烟柳满皇都"，还是朱熹的"胜日寻芳泗水滨，无边光景一时新"，都描绘了春天带来的一派欣欣向荣的景象。春天还象征着新生的希望，张惠言《水调歌头》中说"东风无一事，妆出万重花"，"东风"也就是"春风"，装点出的是冬去春来"万重花"的美景与希望，是寒冬刚刚过去，春天带来的万物萌生的喜悦。

这首诗所呈现出的勃勃生机不仅仅是由春天的欣欣向荣景象带来的，更重要的是还伴有两岸青山中画眉自由自在的啼叫。同样是画眉鸟，锁在笼子中的画眉被禁锢了自由，就失去了欢快的啼叫声。欧阳修有一首诗《画眉鸟》，诗中说："百啭千声随意移，山花红紫树高低。始知锁向金笼听，不及林间自在啼。"树林中的画眉鸟百啭千声自在啼叫，高高低低自由地飞翔，不受任何的束缚。如果把它们锁到笼子里，即使是再名贵的金笼子，也不如在山林间生活的自由自在，啼叫声再也不复如初。画眉鸟如此，人亦然，归隐山林带来的是自由与闲适，不受名利牵绊与束缚，可获得心灵上的解脱，正所谓"久在樊笼里，复得返自然"。因此，诗人过桐庐，欣赏江边春景的同时，听到画眉鸟自由自在的林间叫声，心情更加愉悦。江南的温柔多情、江边的桐庐美景与诗人的自在舒适心情相衬，更兼细雨微风、青山隐隐，别添一番意趣。

（苏靖雯）

过桐君山（节选）

萨都剌

桐山峨峨桐水清，仙人不住芙蓉城。
山头笑指梧桐树，至今山水俱得名。
丹光照夜层峦赤，踏浪神鱼夜飞出。
碧桃花下觅神仙，白日山中遇樵客。

▌诗作者

萨都剌（约 1300—1355），字天锡，号直斋，出生于雁门，晚年
居杭州。元代诗人，画家。后人誉之为"有元一代词人之冠"，著有《雁
门集》。

元　高克恭《春山晴雨图》

▌诗赏析

　　这首诗想象奇特，充满浪漫主义色彩，艺术感染力极强，将桐君山的传说描摹得更加具有神话色彩，颇有道家情韵。诗歌开始在渲染了桐庐景色秀美、山水清丽后，指出"仙人不住芙蓉城"，与传统的传说想象形成巨大反差。"芙蓉城"多用来指古代传说中的仙境，欧阳修《六一诗话》："曼卿卒后，其故人有见之者云，恍惚如梦中，言我今为鬼仙也，所主芙蓉城。"仙人与仙境一直存在于民间的想象与传说中，在人们的想象中，神仙应该居住在高大巍峨的仙境之中，与凡尘俗世远远相隔。就像李贺在《梦天》中所写："玉轮轧露湿团光，鸾珮相逢桂香陌。"仙人过处环佩叮当、香味袭人，世上的千年时光不过是天上仙境的弹指一挥间，世人对仙境一直是一种仰望的姿态。仙人没有居住在自己芙蓉城的宫殿中，那么仙人所居何处呢？接下来，叙述桐君山的典故。桐君山得名于桐君老人，他的医术十分高明，为周围百姓看病拿药分文不取，百姓们十分感激。当人们问起他的姓名时，他笑而不语，只是用手指了指身后的梧桐树，于是人们根据他的示意，称他为桐君老人，将他居住的山称为桐君山。"山头笑指梧桐树，至今山水俱得名"指的就是这个传说。后面诗人又发挥想象力，用丹光照夜、踏浪神鱼来描绘夜晚的奇谲景象，充满浪漫主义的色彩。

　　以"仙人"为题材的诗歌创作，在古代诗文中屡见不鲜。唐寅《桃花庵歌》以桃花仙人自喻，写出"酒醒只在花前坐，酒醉还来花下眠"的闲适自由，姿态潇洒的桃花仙人成为他隔绝世俗生活的精神寄托。李贺诗歌更是多以神仙鬼怪作为主要创作题材，《梦天》《李凭箜篌引》都是采用浪漫、夸张的创作手法，诗歌中多惊人语，以变幻怪谲的语言寄寓对人世沧桑的深沉感慨。在《过桐君山》这首诗中，以桐君老人为代表的仙人带有强烈的淡泊名利的隐逸色彩。他悬壶济世、福泽百姓，又不留下任何姓名，这种高洁的隐士形象也使桐庐山水带有几分隐逸味道。可以说，"仙人"与"仙境"是诗人想象的美好境界，这个境界不沾染俗世的功名利禄，当现实生活与理想追求出现巨大罅隙时，诗人只能将自己的美好理想寄托于仙人身上。桐君山的山山水水，也自然带有了超乎原本景色之外的更深远的意蕴，带有隐逸的味道，成为后世文人竞相歌咏、抒发怀抱的精神寄托。

（苏靖雯）

题黄公望《富春大岭图》

王　蒙

千古高风挹富春，倦游何日见嶙峋。
先生百世称同调，墨气淋漓貌得真。

▌诗作者

王蒙（1308—1385），字叔明，号黄鹤山樵。与吴镇、黄公望、倪瓒并称为"元四家"。

▌诗赏析

黄公望《富春大岭图》纵 74.0 厘米，横 36.0 厘米，是黄公望传世画作中的精品。画中山峦叠嶂、高远峻拔，用简淡笔墨营造出寂静深幽的意境。

这首诗开篇用"千古高风"盛赞富春风物人情。此地不仅风光秀美、景色宜人，更有许许多多流传下来的传说，为富春增添了人文气息与文化底蕴。一方山水一方风情，这里有桐君老人结庐采药、悬壶济世的传说，还有东汉高士严子陵视功名富贵如浮云，隐居桐庐，成为后世无数文人雅士追随的精神偶像，引得历代文人题咏不断。正是因为潇洒桐庐、人杰地灵，才在这片土地上孕育了无数美好的神话传说、代代的文人隐士。以"千古高风"统领富春这个地方的精神气度，引发读者想要一览其中景色的极大兴趣。第二句马上说"倦游何日见嶙峋"，感慨像富春大岭这样的绝好风光，何时才能一窥究竟？或因游人"倦游"，而失去了欣赏风景的兴致，足不出户又何以游览这大好风光呢？

第三、四句给出回答，黄公望的画作以高远法展现富春山的一座山岭，从水边山脚至山顶的全景，将富春大岭的大好景致风光尽数描摹其中，山、石、树、桥等景物的风姿尽数收揽。特别指出，黄公望的《富春大岭图》不仅仅是将山水风景描摹得淋漓尽致，并且将这个地方的意境甚至是用语言很难表达的高远的精神境界也融入画作之中，韵味无穷，更说明这幅作品的艺术成就之高。《富春大岭图》重在主观情志的表达，不过多受客观景物的束缚，笔墨简淡又具淋漓酣畅之感，形神皆备，画中足见诗意。黄公望在山水画法的论著《写山水诀》中提出"松树不见根，喻君子在野。杂树喻小人峥嵘之意"，"画亦有风水存焉"，可见画家是有意识地将个人的主观情志融入画作之中，并借此表达出来。即便游人不能亲自登临山水，也能通过黄公望这幅《富春大岭图》来一赏山水风景，并有极大的想象空间，韵味无穷。

　　据清代画家张庚《图画精意识》记载，"元四家"中不仅王蒙为此图题诗著跋，倪瓒也曾题跋："大痴老师画《富春大岭图》，笔墨奇绝，令人见之，长水高山之风，宛然在目，信可宝也。至正廿二年（1362）壬寅倪瓒记。""吴中四大才子"之一的祝允明也在《题富春大岭图》中说："黄公手比愚公强，富春移来只尺长。子陵之居在何处，千载烟云长渺茫。"既是对黄公望高超画艺的赞赏，又有对名士严子陵高洁志向的感慨。

（苏靖雯）

元 黄公望《富春大岭图》（局部）

夜泊桐江驿

刘 基

伯夷清节太公功，出处非邪岂必同。
不是云台兴帝业，桐江无用一丝风。

▍诗作者

刘基（1311—1375），字伯温，浙江青田人。元至顺年间进士，曾任浙东行省都事，后因事被革职。元至正二十年（1360）至金陵，为朱元璋出谋划策，辅佐其平定天下、参治国政，成为明代的开国功臣。明洪武三年（1370）被封为"诚意伯"，洪武四年（1371）辞官归乡。后为胡惟庸所谮，受到朱元璋的猜疑，忧愤而死。明正德中追谥"文成"。有《诚意伯文集》。

▌诗赏析

这首诗的作者刘基曾在元朝为官，当时的元朝已经是日薄西山，刘基空有经世济民的理想，却郁郁不得志，一度隐居杭州。这首诗题目中的"桐江驿"正在杭州桐庐县，诗人乘船途经此地，想到古人的进退出处和自己的理想抱负，有感而作。

他想到了古人在风云际会之中的不同选择。商朝末年的伯夷因为"不食周粟"而饿死在首阳山上。与伯夷同时的姜太公却选择辅佐武王灭商，建立新朝。从行为上看，伯夷与姜太公的选择背道而驰；但是从精神内核上看，他们为了维护自己心中的理想信念，一个死守荒山，守住了清高的气节，一个筚路蓝缕，开创了周朝的基业，同样是坚定不移、九死不悔。所以作者说他们"出处非邪岂必同"，选择了不同的道路，却均不失大丈夫的本色。

桐江是富春江的上游，这里是东汉名士严子陵隐居的地方。东汉光武帝刘秀在"云台二十八将"的辅佐下一统天下、中兴汉室，建立不世之功。严子陵一再拒绝光武帝要他出来做官的请求，在富春山耕田钓鱼，留下千古美谈。刘基来到桐江驿，自然而然联想到这段著名的往事。此时的他眼见元朝政治腐败、民不聊生，一腔抱负无处施展，却不愿学严子陵一般隐居不仕，而是希望遇到光武帝那样知人善任的明主，好成就一番功业。

后来刘基受到朱元璋的赏识。民间向来有"三分天下诸葛亮，一统江山刘伯温"之说，刘基在朱元璋身边指点江山的时候，正如光武帝"云台兴帝业"一般煌煌赫赫、风光无两，经世济民的壮志得到了实现。

然而朱元璋即位后大肆诛杀开国功臣，在政治环境极为恶劣的情况下，刘基选择了明哲保身，在家乡饮酒下棋，绝口不提自己从前的功业。如此看来，不同的形势下，刘基在进退出处之间的选择也有所不同。《论语·宪问》中说："邦有道，危言危行；邦无道，危行言孙。"这里的"危"是"正直"的意思，"孙"是一个通假字，通"谦逊"的"逊"。无论国家政治清明还是政治黑暗，君子做人做事都应该秉直道而行。不过在恶劣的政治环境下谦逊谨慎、远害全身，也是保全自我的一种途径。

　　这首诗虽然只是一时感兴之作，却让我们看到中国儒家知识分子为人立身的持守和面对人生风波的智慧。无论是抓住机遇实现自己的人生理想，还是遇到挫折的时候退一步海阔天空，"秉直道而行"都应该是一个人坚守不变的信念。

（于家慧）

元　王蒙　《青卞隐居图》

桐 溪

钱彦隽

桐君山下望层城，万顷烟波一叶轻。
绿树朦胧残照落，不知何处棹歌声。

▍诗作者

钱彦隽，元时人，生平不详。

诗赏析

　　这是一首七言绝句。诗题"桐溪"即桐江,亦即富春江之桐庐段。首句"桐君山下望层城",点出诗人的视角。桐君山为桐庐胜地,位于分水江与桐江交汇处,与桐庐县城隔水相望,古称"小金山",又名"浮玉山"。山上林木葱郁,景色秀丽,有桐君庙、唐代张巡庙(睢阳公庙)、白塔、四望亭、凤凰亭、竞秀阁等胜迹。但是桐君山其实并不高,不过由于处在两水交汇处,一峰突兀而起,背后是深谷和群山,脚下是绵绵江水,故别有一种秀丽之处,颇宜登山四望。清末梁启超曾誉之为"峨眉一角",而康有为甚至认为"峨眉诸峰不及此奇"。"层城"之含义则颇为复杂。按:中国古代神话中昆仑山上有高城名层城。《文选》张衡《思玄赋》有句:"登阆风之层城兮,构不死而为床。"唐代李善注引《淮南子》云:"昆仑虚有三山,阆风、桐版、玄圃,

元朝　赵孟頫《人骑图》

层城九重。"一说"层城"乃昆仑山最高峰之名，北魏郦道元《水经注》即云："昆仑之山三级：下曰樊桐，一名板桐；二曰玄圃，一名阆风；上曰层城，一名天庭，是为太帝之居。"所以后来"层城"也泛指仙乡，如宋代苏轼《仙都山鹿》诗："仙人已去鹿无家，孤栖怅望层城霞。"有时更泛指高山之巅，如宋代文同《盘云坞》诗："几曲上层城，盘盘次文石。"如前所述，桐君山并不高，但毕竟一来桐君之事迹已近乎仙家传说，二来山上亭台楼阁掩映，风景奇丽，所以此句当是将其比拟为仙境。

第二句"万顷烟波一叶轻"，明确点出诗人的位置。"一叶"常喻指小舟，则诗人是乘舟于江上，居于地势最低之处，所以才有第一句抬头远望，觉桐君山为仙山之感。如不结合具体地点，此句或放之江河湖海而皆可，比如宋代吴芾《湖山集》卷十《渡钱塘江》诗即有"万顷烟波一叶轻，风来枕上觉凉生"之句。然此处与首句相配，并无违和之感。

第三句"绿树朦胧残照落"，则点出诗人观览之时间是在傍晚。因为日落而光线暗弱，所以远近树色也朦胧难辨。末句最见巧思，"不知何处棹歌声"者，谓耳中忽然传来一阵渔歌，却不知其来自何方。如上句所述，时值傍晚，故诗人之视力已有所不胜，而听力尚不受影响。只是虽能听到歌声，却不能确定其所在。此句实与唐代钱起《省试湘灵鼓瑟》一诗中的名句"曲终人不见，江上数峰青"有异曲同工之妙。盖钱起句是听觉不胜（曲已终）而依赖视觉（只见青青山峰）；钱彦隽句则是视觉不胜（绿树朦胧）故依赖听觉（棹歌声），而如果"知"其来自何处，反而显得拘狭无味。是故，二钱之诗句均有空灵要眇之余韵，可谓前后辉映了。

（汪梦川）

富春舟中

李 桓

天下佳山水，古今推富春。
我行三度至，风景数番新。
净碧迎窗入，空青拂面匀。
斑斓工点缀，瘦石自嶙峋。

┃诗作者

李桓，字晋仲，上元（今江苏南京）人。元至顺时进士，累官江浙儒学副提举。

▌诗赏析

　　这首诗是元代诗人李桓所写的乘舟过富春江的景象。诗人极言富春江风光之美，堪称古今之冠。诗人虽然已经数次到富春江，却依然对眼前的景色赞叹不已。小舟经行之处，山色青翠秀丽，水面波光粼粼，山水景物各有姿态，美不胜收。

　　开篇诗人就将富春江景色放到了一个极高的位置上，用"天下""古今"来突出富春江景色一绝，有佳天下、冠古今的地位。天下美景万万千千，风光神韵各存风姿，诗人却独推富春江美景为首。接下来则从诗人的视角展开描绘富春江美景：富春江的美不仅体现在它的山水景致之美，更有百看不厌、常见常新的特点。诗人"三度至"，所见景色仍旧是"数番新"，可见富春江景色时时不同，四时风光亦各有味道。在历代诗人的笔下，春日是"长忆孤洲二三月，春山偏爱富春多"，春天的富春江山色叠翠、清景无限；秋日是"远岸平如剪，澄江静似铺"，秋天的富春江别具一种静态的美感，安逸自在。除了四时风光不相同之外，诗人每次经过富春江的心情也不同，境随心转，眼前所见景色自然也不尽相同。得意时看景色自然更欣然怡人，苦闷时见景更能触动自己的伤情。所以，诗人才有数次经过富春江、数次所见景色大不相同的感受，一切景语皆是诗人情语的体现。"迎窗""拂面"将江景描摹得格外生动，写出诗人舟行江上，自然风光扑面而来、目不暇接，极具动态美。尾联既写出了江水两岸山色的色彩之美，更突出了瘦石的姿态，强调了它的兀自峻峭之美。这种美是十分具有力量的美，它的美与前面山水景致的秀美不同，"瘦石自嶙峋"的"自"更强调它是一种自我选择的、更坚定的、更具风骨的美。这种"嶙峋"之态如同人的气节一般，无论周遭光景如何，我自有我的坚守，这种"嶙峋"的姿态更添富春江清丽之美，不沾俗气。

　　富春江的风光之美在诗人笔下，是常见常新的美，是刚柔并济的美。整首诗干净明快，用丰富的色彩描摹了富春江及江边风光，以"净碧""空青""斑斓"展现了富春江画卷一般的美景。诗人乘舟游览江景风光，赞叹不已。"天下佳山水，古今推富春"的赞叹也成为桐庐的美景名片，吸引着无数游客前来桐庐一睹富春江美景。

（苏靖雯）

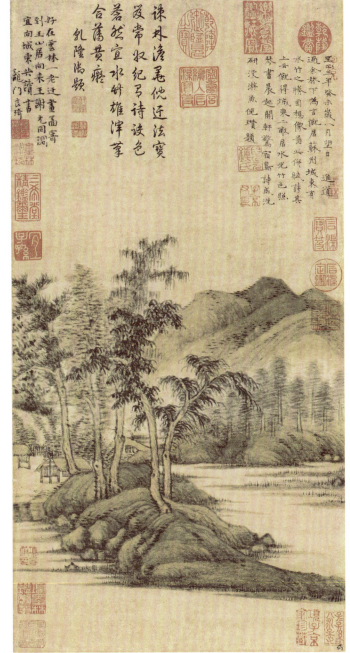

元 倪瓚《水竹居图》

桐君山

俞颐轩

潇洒桐庐郡，江山景物妍。
问君君不语，指木是何年。

┃诗作者

俞颐轩，元时人，生平不详。

▎诗赏析

　　桐君山位于浙江省桐庐县分水江与桐江交汇处，与桐庐县城隔水相望。古称"小金山"，又叫"浮玉山"，是富春江畔著名的古迹之一，梁启超曾把他比作"峨眉之一角"，康有为称之"峨眉诸峰不及此奇"。相传桐君山名字的来历和桐君老人相关，桐庐民间广为流传这位老人的故事。传说在黄帝时期，一位老者受黄帝之命到江南采药，被这里青山绿水的美丽景色所深深吸引，索性在山上的桐树下结庐而居，采药治病，附近百姓纷纷前来求医问药。他的医术高明，为百姓医好病后又不肯收分文。百姓们感激老人的恩德，问他姓名，老人每每笑而不语，指指身后的桐树。人们根据这一示意，称他为"桐君老人"，意指桐树下的君子，桐庐的县名由此而来。因为桐君老人的故事，桐君山被称为"药祖圣地"。桐君山的摩崖石刻上留有这首五绝："潇洒桐庐郡，江山景物妍。问君君不语，指木是何年。"读着这首诗，传说中的桐君老人仿佛就在我们眼前。

　　这首诗以桐君山为题，写的是桐君山的无限风光与桐君老人的高尚品行。诗歌以"潇洒"起首，没有细致描摹桐庐山水景致，而是用古老的传说来折射其间的精神蕴藉，令人更生神往之情。开篇诗人称赞"潇洒桐庐郡，江山景物妍"，引用范仲淹名句"潇洒桐庐郡"对桐庐风光大加赞赏。这里的"潇洒"是说桐庐不仅有江南地区的秀美风景，而且还有深厚的历史文化底蕴，无数佳话传说滋养出独特的人文气息。那么在这种氛围下孕育的山水自然风光，也就更加生动、更具灵气。这里用"江山景物妍"来形容风景的美丽，宋代诗人张嵲说"起步绕广庭，爱此风景妍"，也是用"风景妍"来形容景色的美好。诗人前两句从宏观角度概括桐君山风景宜人的美丽景色，后两句"问君君不语，指木是何年"，用桐君老人典故来赞颂桐君山的风骨神韵之美。桐君老人结庐而居，为百姓看病不收分文的高风亮节受到世代人们的敬仰与推崇。这种不慕名利的隐士形象，也被许多文人墨客写入诗中称赞歌颂,追慕不已。明代诗人孙纲有诗云"以桐为姓以庐名,世世代代是隐君。夺得一江风月处,至今不许别人分",毫不掩饰地流露出对桐君老人隐居青山绿水、不求闻达的向往和赞美。元朝方回有诗云"问姓云何但指桐,桐孙终古与无穷。遥知学出神农氏,独欠书传太史公",虽然史书中没有关于桐君老人的记载,但无碍他造福一方、流传千古的美名。李恭"严子钓台青树里,桐君丹灶白云边"、徐舫"古昔有仙君,结庐憩桐木。问姓即指桐,采药秘仙录",这些诗句无不表达着历代诗人们对桐君老人淡泊名利、隐居山林的赞赏与推崇。桐君老人虽然没有给人们留下姓名,但他高尚的精神流传千古,使桐君山在风光秀丽之外更添神韵之美。在今天桐君山的观光风景区,有一座背依桐君山、面朝富春江、肩挂药葫芦、后背箬叶帽的老人塑像,便是桐君老人。

(苏靖雯)

桐庐舟中

翁　葵

十数人家门傍水，二三里路地栽桑。
前溪渔棹归无数，网挂船头晒夕阳。

┃诗作者

翁葵，字景阳，乐清人。元时人，余不详。

元　吴镇《双桧平远图》

▌诗赏析

诗歌写诗人舟中所见，其笔力不在刻画江南的山水风光之美，而在点染民间生活之趣，以清晰明快的笔调勾画出一个美好的场景：诗中写种桑劳作的农家、写夕阳下晒网的渔船，既写出农事繁忙的劳动景象，又写出渔民满载而归的欣喜。全篇语言朴实生动，风格平易自然，富有生活气息。

诗的起句写江南水乡人家的景致，宁静幽美又富有情味。第二句写乡村栽桑的景象，充溢着乡土气息。三、四句转入写渔船，诗人看到一条条渔船停靠在夕阳斜晖之下，渔网挂在船头上，料想这些归来的渔船今日打鱼的收获一定颇丰，因此才早早地收船回来。这首诗没有直接写正在辛勤劳作的农民也没有直接写渔民满载而归的样子，而是通过一系列静态的描写，写遍植桑树的土地，写停靠在夕阳下的渔船，安然静谧。诗中只写了渔网，而没有写渔夫，但留给读者的想象空间远在诗外。我们可以想象，渔夫一定是带着捕来的鱼，兴高采烈地回到家中；家中妻子忙完田里的农事、烧好晚饭等待丈夫回来。田家生活的朴实自然、捕鱼收获的喜悦如在眼前。

富春江流域自古号称鱼米之乡，也是江南风情、吴越特色的典型代表，写江边景象自然离不开渔民题材。在历代诗歌创作中，渔民是常见的题材，诗人以此为创作题材传达出不同的思想主题。第一种是通过描写渔民劳作的辛苦，表达对劳动人民的同情，哀叹民生疾苦。如范仲淹《江上渔者》之"江上往来人，但爱鲈鱼美。君看一叶舟，出没风波里"，以生动画面反映江上渔民出生入死、命悬一线的艰辛。诗人感慨世人只知享受鲈鱼的鲜美，无人怜惜捕鱼人的辛苦。第二种是塑造遗世独立的隐士形象。如柳宗元《江雪》之"千山鸟飞绝，万径人踪灭。孤舟蓑笠翁，独钓寒江雪"，塑造了一个在冰天雪地中独钓寒江的渔翁形象，在"千山""万径"的广阔背景下，更显清冷孤傲。又如杨慎《临江仙》中"白发渔樵江渚上，惯看秋月春风"，以白发渔翁来引发历史兴亡、人事变迁的感慨，表现出旷达超逸情怀。白发渔翁的形象被赋予了更为厚重的历史文化意蕴。第三种则是以这首《桐庐舟中》为代表的反映渔民收获喜悦、充满对农家生活向往与赞美的诗歌。"前溪渔棹归无数，网挂船头晒夕阳"，生动写出了渔民满载而归后的喜悦与满足，极具画面感。

（苏靖雯）

明朝

明　沈周《仿黄公望富春山居图》（局部）

桐江独钓图

商 辂

拂袖长歌入富春，沧江深处独垂纶。
短蓑不换轩裳贵，千载高风有几人。

诗作者

商辂（1414—1486），字弘载，杭州淳安人。乡试、会试、殿试皆第一，有明一代，连中三元者唯商辂一人。曾任兵部尚书、文渊阁大学士，为人宽厚有容，忠直果毅。卒赠太傅，谥"文毅"。

诗赏析

　　商辂是杭州人，对于桐庐山水和严陵钓台的典故自然十分熟悉。这首诗正是歌咏严子陵高风亮节的一首诗。

　　严子陵拒绝光武帝的征召，在富春江隐居垂钓的典故已经是耳熟能详。这首诗开头两句将此事写得十分潇洒，"拂袖长歌入富春，沧江深处独垂纶"，我们仿佛可以看到一位高冠广袖的隐士在江边放声长歌，在茫茫大江之上独自垂钓。诗人赞美严子陵清高的风骨，"短蓑不换轩裳贵，千载高风有几人"，"轩裳"就是车马华服，这里代指高官厚禄。严子陵宁要一袭渔蓑也不肯折节出仕，这正是中国古代读书人最敬重的遗世独立、笑傲王侯的气度。

　　我们看《后汉书》中关于严子陵的记载，会发现很多有趣的细节。比如光武帝来到严子陵的寓所找他说话时，他呼呼大睡，不予理会；光武帝与严子陵联床叙旧，严子陵丝毫不以对方是帝王为意，大剌剌地把脚放在皇帝的肚子上。这些趣事被后人津津乐道，正体现了古代士人对笑傲王侯这种气度的激赏。

　　说到"笑傲王侯"，早在《孟子》中便有"说大人，则藐之，勿视其巍巍然"的说法，此后历朝历代，都不乏类似的典故或诗文。比如唐代诗人李白令唐玄宗"御手调羹"，宋代词人朱敦儒在《鹧鸪天》词中写道"诗万首，酒千觞。几曾著眼看侯王"，表示对王侯显贵不屑一顾。这种精神境界在古代士人中间代代相传，始终备受推崇。

　　商辂，字弘载，他的名字里便清晰地透露出儒家奋发有为的精神。"辂"的意思是"大车"，加上一个"载"字，希望有所担荷的意愿非常明白，何况还有一个"弘"字。《论语》中说："士不可以不弘毅，任重而道远。仁以为己任，不亦重乎？死而后已，不亦远乎？"商辂身为状元，走到了古代读书人功名的巅峰，也做过朝廷的大官，在任刚正不阿、宽厚务实，他的一生可以说正是儒家入世精神的实践。商辂的人生经历与那些不受拘束的狂士可谓截然相反。然而就是这样一个人，仍然对隐逸山林、笑傲王侯的严子陵倾慕不已。

　　这看似矛盾的情况让我们意识到一个非常重要的事实：隐逸情怀，永远是中国古代士人的精神家园。无论在朝还是在野，无论飞黄腾达还是沉沦下僚，山水对他们来说都是一种温柔的慰藉，可以让宦途疲倦的人暂得栖息，可以让失意落寞的人保有最后一步退路。而"短蓑不换轩裳贵"的清高自持，更是士人保持独立精神和高贵人格的一种坚守。正是这种精神，让古代的读书人在君权的威势之下保有一份可贵的自我。在这一点上，遗世独立的严子陵与积极入世的商辂是相通的。

（于家慧）

國朝畫史以戴文進為
大家此學燕文貴深得
清空不作平日率元王
為奇絕 紫里識

明 戴进《仿燕文贵山水图》

送危典史致仕还乡（节选）

姚夔

桐庐之山郁以纡，桐庐之水清且迂。
襟江带溪泻澄练，锦峰绣岭列画图。
风淳俗美词讼无，家诗户书颇尚儒。
最喜泉甘土更沃，况复鱼鲜米胜珠。

▌诗作者

姚夔（1414—1473），字大章，浙江桐庐人。明英宗正统七年（1442）
进士。官至吏部尚书，加授太子太保，谥号"文敏"，为人清廉忠厚。
有《姚文敏公遗稿》。

▌诗赏析

这首诗题目中提到的"危典史"名叫危彦恭，他在桐庐县任职期间，深受当地百姓爱戴。当他任期满后，百姓纷纷请求他留下来；但是危彦恭考虑到家中有年老的父母需要赡养，还是向朝廷请求致仕还乡。姚夒有感于危彦恭善待百姓又孝敬双亲，便写下了这首《送危典史致仕还乡》。

这是一首长篇七言古诗，本书节选了其中的前八句。这八句诗尽情抒写了桐庐此地的美好。这里山清水秀，风景如画，还是鱼米之乡。除去山水物产之丰，更有人伦风俗之美，"风淳俗美词讼无，家诗户书颇尚儒"，邻里之间和睦无争，家家户户都崇尚儒学、好读诗书，可谓"物华天宝，人杰地灵"。

即使不了解创作背景，这几句诗也足以令我们对桐庐悠然神往。何况此地人才辈出，名不见经传的危典史虽然没做过什么惊天动地的大事，却一样凭借自己的人格魅力被后人传为佳话。

在本书未选的部分中，作者详细描绘了危典史辅助长官、教化百姓的功劳。县令爱惜危典史这个人才，也为了尊重民意，特向朝廷请求挽留他。诗中有"君曰有亲老可虞，白云望断天之隅。人生富贵何足计，三公不换庭前娱"之句，情意十分动人。危典史的父母年事已高，日日盼望儿子回去陪伴，于是他放弃了官场上的大好前程，选择回乡侍奉双亲。这很容易让我们联想到李密的《陈情表》，"是臣尽节于陛下之日长，报养刘之日短也"，李密为了奉养年老的祖母而拒绝了朝廷的征召，以孝亲的品行名留青史。这位危典史也做出了同样的选择。

了解了整首诗的背景和内容，我们在向往桐庐县的山水人情之余，也对诗中主人公危典史的人生选择感佩颇深。

危典史只是辅助县令的一个小官，但是尽职尽责，一样能得到百姓的爱戴和长官的欣赏。现实中，很多人怀有凌云之志，却只能拥有平凡的工作岗位。这个时候，如果能像危典史一样在普通的工作中尽好自己的一份力量，就应该受到尊重和敬佩。古人云，"铅刀贵一割"，哪怕只能做些小事，只要尽心做好，也算不负此生。

　　同时，危典史回乡事亲的选择也提醒我们对事业与家庭之关系的思考。前途似海，来日方长，是否应该放缓前进的脚步，免留"子欲养而亲不待"的遗憾？人生的进退得失不是一时一事可以决定的，当我们审视自己的生命时，不因没有热血与奋斗而遗憾，也不因丧失了亲情的牵系而痛心，那便是无悔无愧的一生。在如何面对自己的人生这个问题上，许多古人的选择都值得我们借鉴。

（于家慧）

题钓图

沈 周

谁寄扁舟号隐沦，平沙浅濑入秋蘋。
钓竿却是功名具，渭水桐江古有人。

▌诗作者

沈周（1427—1509），字启南，号石田、白石翁，长洲（今江苏苏州）人。隐居乡里，终身不仕。能诗善画，有《石田先生集》。

▎诗赏析

中国古代的文学艺术颇多相通之处，这首《题钓图》的作者沈周便是诗、书、画俱能的人才。

这一首题画诗，画中画的是扁舟垂钓的隐者，题画诗的内容必然与画意相关，于是这首诗便写到了与垂钓相关的古人。一般提到隐者，总是赞誉的态度居多；这首诗却反其道而行，采取了一种讽刺的口吻。开头两句便是疑问的语气，"谁寄扁舟号隐沦，平沙浅濑入秋蘋"。是谁在扁舟之上号称隐者？这个"号"字用得很妙，号称如何如何，往往并不真实。乘船在清浅的小溪上划破水草，如此出尘脱俗的行为，主人公却未必是真正的隐者。

在诗的后两句中，作者对那些沽名钓誉的所谓隐士发出了辛辣的嘲讽，"钓竿却是功名具，渭水桐江古有人"，他们手上的鱼竿不过是钓取功名的用具，渭水边垂钓的姜子牙、富春江边垂钓的严子陵不都是如此吗？

严子陵的事迹我们已经讲述过多次，这里详细介绍一下"姜太公钓鱼"的典故。相传姜子牙垂钓于渭水之滨，他用的鱼钩不是弯的，却是直的，且离水面有三尺高。这样当然是钓不到鱼的，不过姜子牙在此原不是为了钓鱼，而是为了等候能重用他的圣主贤君。后来他果然等到了赏识他的周文王，辅佐周朝建立了不世功业。

在沈周眼中，姜太公钓鱼固然是为了钓取进身之阶，严子陵虽然未曾出仕，却也博得了千古美名。他们的行为并非纯粹的隐者，而是以隐逸为姿态有所求、有所待。姜子牙的丰功伟业与严子陵的高风亮节历代为人赞赏，沈周此诗也未必是要批判这两位古人，而是在讽刺那些热衷功名却假意清高之人。

隐逸文化在我国蔚然成风，文人雅士莫不以清高自许。在儒家入世精神的影响下，士人要建功立业，但是在建功立业的同时，他们还追求一种高蹈出世的品格。像"功成不受爵，长揖归田庐""事了拂衣去，深藏身与名"这样的诗句数见不鲜，从中很容易窥见中国古代士人的这种心态。

　　在丰功伟业与高风亮节都备受追捧的情况下，隐逸有时候就成了一种姿态、一种表演。山水间的隐士作出这种姿态，是在向统治者暗示自己拥有值得被招徕的品格；统治者招徕隐士，也能树立一种广纳贤才、有容乃大的形象，两者各得其所。如此一来，原本干净纯粹的

明　沈周《卧游图》（一开）

山水就染上了一层功利的色彩。早在南北朝时，孔稚珪就在他的名作《北山移文》中讽刺过这种假隐士："诱我松桂，欺我云壑。虽假容于江皋，乃缨情于好爵。"

　　隐逸文化在漫长的历史长河中，早就不是那么简单和纯粹。姜子牙的丰功伟业与严子陵的高风亮节依然值得赞赏，不过面对"钓竿却是功名具"的质疑，我们完全可以对隐逸之风遗貌取神，以真诚的态度做人做事，而在自己心中保留一片纯粹的山水。

（于家慧）

富春大岭图

祝允明

趾山盘盘绕而曲，顶山巇巇危仍复。
回蹊折径几茅庐，尽傍羊肠浅中宿。
黄公手比愚公强，富春移未只尺长。
子陵之居在何处，千载烟云长渺茫。

┃诗作者

祝允明（1460—1526），字希哲，号枝山、枝指生，长洲（今江苏苏州）人。明弘治年间中举，官至应天府通判，不久称病致仕。工诗文书画，有《祝氏集略》。

▌诗赏析

　　《富春大岭图》本是元代画家黄公望为好友邵亨贞创作的水墨画。邵亨贞是桐庐人，黄公望晚年隐居于富春江一带，绘制这幅画既是表现自己的生活环境，也为抚慰好友思乡之情。我们现在可以看到的画幅上有祝允明所题的诗跋，便是这首题为《富春大岭图》的诗。

　　既然以富春山水为内容，诗画的精神多半不离千古风流的桐庐隐士严子陵。黄公望的画幅中，山水简淡高古，与其晚年隐居的心境相合。祝允明的诗亦是如此。

　　诗歌前四句以写实的笔法描绘了画中的内容，"趾山盘盘绕而曲，顶山巇巇危仍复。回蹊折径几茅庐，尽傍羊肠浅中宿"。"趾山"是指山脚，"巇"字本意是牛角，这里指山势。山脚下是弯弯曲曲的羊肠小路，山顶则巍峨高耸犹如牛角一般。在山路曲折之处有几间茅草小屋，那是山中隐者居住的地方。

　　祝允明生性诙谐，后二句用愚公移山的典故，以风趣的口吻称赞黄公望绘画技艺之高超，"黄公手比愚公强，富春移未只尺长"，黄公比那辛苦移山的愚公强多了，风光秀丽的富春山水被他移来尺幅之间。中国画素来有"芥子纳须弥"之美，方寸之间，山高水长尽在其中。祝允明同为画家，对这种美感自然是了然于心，所以他能够认同、欣赏黄公望画作之美。诗人能以妙趣横生的话语表现非常高深的艺术精神，可见这种精神已经切实融入了他的现实生活。

　　诗的最后两句点出这幅画的主旨，"子陵之居在何处，千载烟云长渺茫"。北宋文人范仲淹在他的《严子陵先生祠堂记》中为严子陵写下过"云山苍苍，江水泱泱，先生之风，山高水长"的赞语，令人悠然神往。画图中苍茫的云山深处，就有千古名士严子陵的居所吧？祝允明这两句诗可以说是为黄公望的《富春大岭图》画龙点睛之笔。中国古代的文学艺术讲究忌直求曲、避实务虚，追求含蓄幽约的美感，《富春大岭图》中自然不会生硬地画一位"严子陵"出来。而严子陵

明　沈周　《青园图》（局部）

的千载高风，就在那一片茫茫山水中氤氲流转。

祝允明的科举之途颇为坎坷，一生没有中过进士，五十多岁的时候才以举人的身份被授予县令的官职。但是他的诗文书画却名动海内，与唐寅、文徵明、徐祯卿并称"吴中四才子"，关于他的趣闻轶事更是层出不穷。一个人生于世间，必然要有所寄托。当理想落空的时候，文学艺术不啻一剂疗伤的良药。诗文书画中有丰沛的力量，可以支撑一个人的生命不至于枯瘠。所以人应当有理想，也应当有一些健康的兴趣爱好。人生多艰，追求理想难免遭遇坎坷挫折，健康的兴趣爱好可以使我们在理想落空之际也不失为一个充盈有趣的人，从而保有继续前行的力量。

（于家慧）

严 滩

唐 寅

汉皇故人钓鱼矶，渔矶犹昔世人非。
青松满山响樵斧，白舸落日晒客衣。
眠牛立马谁家牧，鸂鶒鸬鹚无数飞。
嗟余漂泊随饘粥，渺渺江湖何所归。

▌诗作者

　　唐寅（1470—1523），字伯虎，一字子畏，号六如居士、桃花庵主，吴县（今属江苏苏州）人。明弘治十一年（1498）举乡试第一，后因科场舞弊案受到牵连，从此纵酒佯狂，筑室桃花庵，以卖画为生。工诗，善书，尤长于绘画，有《六如居士全集》。

▌诗赏析

　　唐寅的一生充满了传奇色彩。他天资聪颖，府试、乡试均为第一，年少成名。就在他准备步入仕途大展其才的时候，却因卷入科场舞弊案而被贬为小吏。唐寅心灰意冷，绝意仕途，从此穷困潦倒，以卖画为生。如此过了十余年，在四十多岁的时候受到宁王朱宸濠的礼聘。谁知宁王有谋反之心，唐寅为了自保，只能装疯卖傻，被宁王从南昌放还。这以后，唐寅漂泊江湖，晚年甚至穷困到靠朋友的接济过活。

　　《严滩》一诗便是唐寅从南昌返回家乡的途中所作，经过富春江，历史的沧桑与人世的悲慨涌上心头，他写下了自己的所见所感。

　　这是一首声调拗折的七律，与唐诗的圆美流转相比，读起来有一种陌生感。首联"汉皇故人钓鱼矶，渔矶犹昔世人非"，"汉皇故人"便是指曾为光武帝同学的严子陵，当年严子陵垂钓的渔矶犹在，而人事变迁，已经不知几世几年。

　　颔联和颈联以非常细致的笔触描绘了眼前之景。"青松满山响樵斧，白舸落日晒客衣"，山上伐木丁丁，温暖的落日照着客船上游子的单衣，因为是"落日"，这依稀的暖意也带上了几分凄凉的色彩。"眠牛立马谁家牧，鸂鶒鸬鹚无数飞"，"鸂鶒"和"鸬鹚"都是水鸟，牧人驱赶着牛马回家，水边飞起无数的鸟儿，它们也在寻觅栖息的所在。这几句诗写得有声有色，生动细致，体现出画家特有的敏锐的观察力。

　　尾联由历史和景物转入诗人的自身体验，"嗟余漂泊随馋粥，渺渺江湖何所归"，唐寅经历了科场舞弊案的打击之后，生活极为窘迫，居无定所，没有一个固定的归属。比物质上的窘迫更可怕的是精神上的漂泊感，自幼读书的唐寅本来有着十分清晰的人生规划，考科举，做大官，经世济民，然而这条路被一场突如其来的灾难截断了，他从此再难找到自己的人生价值。

　　在后人眼中，唐寅是风流才子，他的书画具有不朽的艺术价值，不是那些身与名俱灭的达官显贵可以比肩的。对于唐寅自己来说，他是真真切切失去了最重要的东西，书画不过是他困窘中糊口的工具、心灵的排遣。宁王的赏识原本可能成为他命运的转折，当他发现宁王那里也非托身之所的时候，对归属感的追求再一次落空了。陶渊明在《饮酒》诗中写道"托身已得所，千载不相违"，找到一个托身的所在，是人心中安定感和归属感的来源。严子陵那么坚定地拒绝光武帝的征召，就是因为他很清楚山水之间才是自己的归宿。夕阳西下，牛马归家，飞鸟还巢，但是从南昌失意而返、凄凄惶惶的唐寅要归往何处？无怪乎他要叹一句"渺渺江湖何所归"。

在我们漫长的一生中，如果想为心灵找一个安定的归宿，就必须对自己有一种明晰的定位，找到一份可以为之奋斗、为之坚持的事业。有了这样的事业，自然不会发出"渺渺江湖何所归"的感叹。

（于家慧）

明 唐寅《步溪图》

阆仙洞

汪九龄

仙家构屋最高峰，策马登临兴更浓。
洞口流泉鸣佩玉，空中神语弄天风。
危桥影落三山外，石鼓声闻六合中。
坐久顿忘天地老，此身浑在广寒宫。

▍诗作者

　　汪九龄，生卒年不详，字良永，号西泉，浙江桐庐人。正德十一年（1516）乡试考取举人。他掌管刑狱，公正不阿，平反冤狱，协助两广地区审理诉讼，被称为"两广推官"。在处理公务之余，汪九龄仍会教化当地儒学生。嘉靖年间，莫登庸自称安兴王，汪九龄提议阅兵显示军威，未费一兵一卒便征服叛逆之臣。后被提拔为南京山西道御史。两年之后汪九龄告老还乡，朝廷征召，未再出仕。

▌诗赏析

汪九龄开头一个"仙"字统领全诗，整首诗都围绕着这一"仙"字来写，传说桐庐阆仙洞曾有神仙居住，充满"仙气"。这是仙家所建的最美妙的地方，诗人今天策马登临，观赏阆仙洞风景，更觉得心情愉悦。

颔联和颈联分别从听觉和视觉详细描写了阆仙洞的景色如何美妙。"洞口流泉鸣佩玉"，陆地之上，洞口流淌的泉水就像是玉佩与玉佩之间相撞发出的悦耳声音；"空中神语弄天风"，在天空中，风的声音就像是神仙在耳语一样，神仙在天上一说话，口中便生出了风。一个地下，一个天上，将诗人的感官包裹起来。

"危桥影落三山外"，在阆仙洞有一座高耸的石桥，石桥的影子落在三山之外。诗句中一个"危"字写出了桥的高和险，"影落三山外"得"三山半落青天外"的妙处，极言石桥的雄壮之美。北宋词人黄裳小时候经过桐庐这个地方，父亲认为此地景色优美，把黄裳留在此地读书。黄裳曾在阆仙洞中隐居读书十年，做官之后又回到此处，写下《题石桥》一诗。这首诗写的便是阆仙洞的石桥："跨起虚空亦自然，几千年度地行仙。桃花流水春风好，由此东西是洞天。"这座桥拔地而起，跨着阆仙洞，桃花流水，美不胜收，连接着仙境与人境。这里不仅有石桥，还有石鼓。"石鼓声闻六合中"，形状如鼓的石头，敲击起来，天地六合都能听得到。几句话，向读者描绘了充满仙气却不失雄浑的阆仙洞风景。

"坐久顿忘天地老，此身浑在广寒宫。"汪九龄沉醉在这与世隔绝的山水间，已经忘记时间的流逝，忘记天地正在老去，就如整个人身在广寒宫一般。广寒宫就是月宫，住着仙女嫦娥。嫦娥成为神仙，自然不会老去。诗人以为身在桐庐的世外桃源，与世隔绝，也不会老去，"问今是何世，乃不知有汉，无论魏晋"。

汪九龄能在这山水之间获得一片平和安宁，进可以安邦定国，退也可以"忘乎山水之间"。从这首诗中，我们可以看出他对隐居生活的欣羡，也可以看出他性情中的豁达与豪气。因此他告老还乡之后，便没接受朝廷的再度征召，"洵知止知足者"。

（陈晓耘）

平贼过钓台

胡宗宪

严濑矶头水欲冰，凯歌声彻白云层。
功成只合思冯异，才退还应学子陵。

▌诗作者

　　胡宗宪（1512—1565），字汝贞，号梅林，徽州绩溪（今属安徽）人。明代抗倭名臣。官至兵部尚书兼都察院右都御史。他善于招揽人才、诱掖后进，名将俞大猷、戚继光，文士徐渭、茅坤等都曾在他麾下供职。胡宗宪因与严嵩父子过从甚密而两度被牵连。嘉靖四十四年（1565）十一月，胡宗宪在狱中自杀。后朝廷为胡宗宪平反，追谥襄懋。后人对胡宗宪的功过是非争议很大。

▍诗赏析

这首诗应该是胡宗宪写于某次在浙江平定倭寇胜利之后。题目中的钓台为严子陵钓台。严子陵曾经与刘秀一同游学。后来刘秀当了皇帝，严子陵隐居在桐庐富春江边钓鱼。刘秀多次请严子陵出山做官，他都不答应。胡宗宪得胜之后路过桐庐严子陵钓鱼的古迹，心中有感，写下此诗。

"严濑矶头水欲冰，凯歌声彻白云层。"天气寒冷，严濑矶头水像冰一样寒冷，而士兵们的心情却很高兴，凯旋的歌声震撼云霄。水寒似冰不仅是说现实环境，也是胡宗宪心态的写照。本来大胜之后应是满心欢喜，可是胡宗宪的喜悦中却带着忧虑。

当时的朝堂之上严嵩主政，严嵩权倾朝野，结党营私，祸国殃民。胡宗宪依附严嵩，在官场上得以保全。他独领兵权在外抗倭，朝廷必然会对他有所顾忌。严嵩地位稳固，胡宗宪未尝能加官进爵；但如果严嵩一朝失势，胡宗宪也会受到牵连。所以，胡宗宪安慰自己："功成只合思冯异，才退还应学子陵。"若是功成名就只应当学习汉代的冯异，要是功成身退还是应该学习严子陵。"功成只合思冯异"一句中的冯异是协助刘秀建立东汉的功臣。刘秀称帝后，封冯异为征西大将军、阳夏侯。冯异因长期领兵在外，心中不安，向皇帝请求回到皇帝身边，被皇帝拒绝。后来有人上书向皇帝告状，说冯异拥兵自重，深得民心，自称"咸阳王"。皇帝将这份奏章给冯异看，冯异感到很惶恐，谦卑又得体地向皇帝上书谢罪，才得以保全自己。皇帝回答冯异："将军之于国家，义为君臣，恩犹父子。何嫌何疑，而有惧意？"胡宗宪自忖立下抗倭大功，更应谦卑谨重，不应奢望获得重用。"才退还应学子陵"，全诗的点睛之笔在于"才退"。胡宗宪认为自己是"才"，是人才。他确实雄韬武略，才具过人，然而有"才"却只能"退"。此处的"退"字带着无奈。他只能选择退，这是环境的选择，也是保全自己的方法。

　　在明朝激烈党争的政治环境中，胡宗宪不仅要保全自身，还要有所作为。因此这首《平贼过钓台》正是他路过桐庐严子陵钓台时的所思所感，是胡宗宪的自我勉励和自我安慰。

　　　　　　　　　　　　　　　　　　　　　　　　　　　　（陈晓耘）

明　沈周《魏园雅集图》（局部）

七里滩（其一）

徐　渭

浅水矶头蘸几堆，清涎齿缝破生梅。
竹舟欲过从何处，无数游鱼磕额回。

▌诗作者

　　徐渭（1521—1593），字文清，后改字文长，明山阴（今属浙江绍兴）人。明代书画家、文学家，在戏曲、诗文方面成就巨大，有《四声猿》《南词叙录》等著作。年少聪慧，才思敏捷，但因在家庭中地位卑下，养成了孤傲的性格。他科举之路坎坷，屡次考试未能中举，曾开设私塾谋生。后在胡宗宪幕下效力，展现了其过人的军事才能。胡宗宪因严嵩倒台入狱，徐渭发狂，几次自杀未遂。晚年回到山阴，在贫病交加中去世。

▌诗赏析

　　七里滩，也叫严陵濑。这首诗就描绘了桐庐县南七里滩的自然风情。描写七里滩风情的诗歌很多，徐渭此诗的别致之处在于全诗集中描写景色，且在写景中运用了很多新奇的比喻。"浅水矶头蘸几堆"，七里滩水浅石多，在浅水矶头之上有几堆石头。"蘸"的意思是在水中沾一下就拿出来，这是形容当时水面很浅，石头没入水中的部分不多的样子。"清涎齿缝破生梅"，水下的石头就像是紧密排列的牙齿一样，石头与石头的距离太近，且石头尖锐，加上水流湍急，坚硬的"生梅"掉入水中，穿过这些石头时都能被挤破。梅尧臣曾有"滩上水溅溅，滩下石齿齿"诗句，也是描写水流之急，滩下石头一个一个排列着的样子，与"清涎齿缝破生梅"有异曲同工之妙。

　　诗的后两句更为新奇。因为七里滩水面清浅，礁石很多，途经此处危险很多，所以徐渭发问"竹舟欲过从何处"，竹舟该从哪里才能平安渡过呢？紧接着最后一句，诗人自己答道："无数游鱼磕额回。"别说是竹舟走到这里不知道从哪里穿过，就连鱼游到这里都会磕到石头上被撞回去。徐渭用"游鱼磕额回"这种夸张的手法形象地描绘了此处水浅湍急、礁石众多的景色，写得生动可爱。

　　许多文人墨客来到七里滩都会留下美好的诗句。苏东坡的《行香子·过七里滩》情景交融，写得开阔疏朗。上片写景，下片过渡到对古今人物的感慨："一叶舟轻，双桨鸿惊。水天清、影湛波平。鱼翻藻鉴，鹭点烟汀。过沙溪急，霜溪冷，月溪明。　　重重似画，曲曲如屏。算当年、虚老严陵。君臣一梦，今古空名。但远山长，云山乱，晓山青。"孟浩然的《宿桐庐江寄广陵旧游》由景及情，书写离愁别绪："山暝听猿愁，沧江急夜流。风鸣两岸叶，月照一孤舟。建德非吾土，维扬忆旧游。还将两行泪，遥寄海西头。"

　　徐渭放弃了对前代诗人的临摹，放弃了对历史兴衰的思考和世间情感的抒发。他独辟蹊径，用对事物别具一格的观察创造出别样的童趣，用新奇的比喻将美丽的七里滩写得生意盎然。

（陈晓耘）

明　徐渭《驴背吟诗图》（局部）

自富春至桐庐道中

王世贞

扬帆溯流上，秋色竞纷纷。
翠荇波仍绣，丹枫壁自文。
路疑千里远，山为一江分。
夕阳高低出，滩声远近闻。
薜衣过木客，椒酒莫桐君。

▌诗作者

　　王世贞（1526—1590），字元美，号凤洲，又号弇州山人。江苏太仓人，明代文学家、史学家。二十二岁考中进士，官至南京刑部尚书。王世贞为明代文学流派"后七子"的代表人物，提倡复古，主张文必秦汉，诗必盛唐。著有《弇州山人四部稿》《弇山堂别集》等。

明 仇英《桃源仙境图》

▍诗赏析

　　王世贞此诗描写了行舟从富春至桐庐道中的景色，吴均《与朱元思书》曾描绘过这段路程的风景奇绝，"自富阳至桐庐，一百许里，奇山异水，天下独绝"，可见这段路的风景美不胜收。"扬帆溯流上"，开篇宏阔，长江波涛滚滚，诗人扬帆逆流而上。"秋色竞纷纷"，眼前的秋色纷杂，向诗人扑面而来。一个"竞"字写出了各色秋景争奇斗艳的活力，写出了秋色的丰富与饱满。那么这秋色是如何"竞纷纷"的？诗人详细描述说"翠荇波仍绣，丹枫壁自文"。尽管已经是秋天了，但是江中的水草仍然是青翠的颜色，装饰得水波那么美丽，变红的枫叶成为石壁的装饰。一个"仍"字，一个"自"字，赋予"翠荇"、石"壁"以生命。

　　"路疑千里远"，诗人的目光由近及远，因为诗人沉浸在这丰沛的秋色之中，便觉得路途遥远，前面的路望不到头，"溯洄从之，道阻且长"。"山为一江分"，远远望去，两岸的高山就像被江水分开一样。路远、山高、水长，一下子把江南温婉的景色写得宽阔博大。此时已是傍晚，太阳已经很低了，船在江中行进，两旁是高高低低的山，"夕阳高低出"，有时夕阳能露出头来，有时被山遮挡。"滩声远近闻"，江水拍打石头的声音时而从远处、时而从近处传来。道阻且长、日薄西山、涛声阵阵，令王世贞感到迷茫与惆怅。王世贞与父亲王忬不为当权的严嵩父子所喜，王忬在任蓟辽总督时因兵败而被斩。王忬也曾来过浙江，并在浙江主持抗倭。王世贞来到此地，也许看到这秀丽的山河，想到不能和父亲一起共赏，心中升起惆怅之思。

　　"薜衣过木客"，"薜衣"指用薜荔的叶子制成的衣裳。屈原的《山鬼》中有："若有人兮山之阿，被薜荔兮带女萝。""薜衣"原来指神仙鬼怪所披的衣饰，后借以称隐士的服装。穿着隐士的服装与深山中的精怪相遇。"椒酒奠桐君"，用花椒酒来祭奠桐君。桐君相传为黄帝时医师，曾采药于浙江省桐庐县的东山，结庐桐树下。别人问其姓名，他指桐树，遂被称为"桐君"。末二句透出王世贞的出世思想。

（陈晓耘）

过严子陵祠

戚继光

当时虎符臣，千载羊裘友。
试看元勋台，何似山祠久。

▌诗作者

　　戚继光（1528—1588），字元敬，号南塘、孟诸，登州（今山东蓬莱）人。明代抗倭名将、军事家、书法家、诗人。他建立的"戚家军"战胜了倭寇，立下战功。后又镇守蓟州，保护北境平安。戚继光晚年被调往广东，因遭遇弹劾而被罢免回乡。著有《纪效新书》等兵书，诗文集《止止堂集》。

▌诗赏析

　　戚继光出身于军事世家，年少时就写下了"封侯非我意，但愿海波平"的诗句，可见其雄心壮志、赤胆忠心。这首《过严子陵祠》是戚继光从严子陵祠经过，有感而发写下的。它更像是一首咏史诗，与少年时代的胸怀天下、慷慨入世不同，其间流露出诗人一种出世心态。

　　"当时虎符臣"，"虎符"是古代军中的印信，虎符分左右两半，朝廷一半，统帅一半，二者相合就可以调兵。"虎符臣"是说其手握军权，地位重要。"千载羊裘友"，汉代严光少有高名，与刘秀同游学，后刘秀即帝位，严光隐居起来，披羊裘钓泽中。严子陵祠是后人为了纪念严光而建的。戚继光感叹，"虎符臣"虽位高权重，但只是一时的光耀，严光隐居起来，却享受着千百年来人们对他的崇敬。后代文人

明　吴伟《长江万里图》（局部）

对严光不慕富贵的品格推崇备至。范仲淹撰写的《严子陵先生祠堂记》中有"云山苍苍，江水泱泱，先生之风，山高水长"。戚继光手握兵权，身在名利场中，但羡慕严子陵一样的隐居名士凭借高风亮节千载留名。

"试看元勋台"，汉明帝刘庄命人画了二十八位大将的画像，放在洛阳南宫云台阁，这云台二十八将为汉光武帝刘秀统一天下做出了巨大的贡献。"何似山祠久"，可是这"元勋台"不如严光的山祠一样流传千古。从这首诗中我们可以看出戚继光对于王朝兴废、人世沉浮的清醒认识。柳永在经过严子陵祠时，写下的《满江红》也流露出相似的心境："游宦区区成底事？平生况有云泉约。归去来、一曲仲宣吟，从军乐。"柳永有感于游宦生涯无所成，此地景色优美，想要像陶渊明一样归隐田园。尽管时代不同，命运各异，戚继光与柳永陈述着相同的感受。朝代变化，昔日的忠臣良将会淹没在历史的长河中；命运起伏，昨日的功臣一朝跌下神坛，只有严子陵祠千百年屹立山中。

暂时忘却人世间的喧嚣浮华，处江湖之远，纵情美丽的山水之间，领悟严子陵的风骨品格，找到自己心灵的归属，是这首诗对我们的启发。

（陈晓耘）

分水县访桃溪潘公仲春出桐庐秉烛游仙洞香袭人衣十余里不绝

汤显祖

分水县帆就索居，沾巾信宿下桐庐。

青山晚棹桃溪远，红树秋灯草阁虚。

仙洞半空行炬蜡，生香何处满簪裾。

开舟更下神灵雨，烟雾霏霏总袭予。

▌诗作者

　　汤显祖（1550—1616），字义仍，号海若、若士，临川（今江西抚州）人，明代戏曲家、文学家。年少成名，万历十一年（1583）进士。曾任南京太常博士、礼部祠祭司主事。他因为弹劾首辅申时行而被贬雷州半岛徐闻县当典吏，后赴浙江遂昌任知县。万历二十六年（1598）弃官回家。汤显祖蔑视权贵，反对复古。其戏曲创作具有深远影响，《还魂记》《紫钗记》《南柯记》《邯郸记》，被称为"临川四梦"。诗文有《玉茗堂集》等。

诗赏析

这首诗应为汤显祖在任遂昌知县时所写，时年四十有余。诗人去浙江分水县（地处桐庐县西北部）拜访潘仲春，后又到瑶琳洞游览，被浸染得满身香气，十余里不绝。

"分水县帆就索居，沾巾信宿下桐庐。"首联简单十四个字便交代了此次诗人出行的行程。"县"同"悬"，悬起风帆便去分水县找那独居的潘仲春，二人伤心告别后，诗人又在桐庐住了两夜。"就"和"下"二字，可以看出诗人来去如风的随性自由。"流连信宿，不觉忘返。"是什么样的景色令诗人流连忘返？

颔联描写路途中的景色。"青山晚棹桃溪远，红树秋灯草阁虚。"夜晚在青山之间划着船，看桃溪渐行渐远，岸上是红色的霜叶、秋日里昏黄的灯火，以及逐渐模糊的草屋。其细腻的描写充满画面感。

颈联情境切换，马上跳到了瑶琳洞内。瑶琳仙境为喀斯特地貌，洞内怪石嶙峋，秀美多姿。"仙洞半空行炬蜡，生香何处满簪裾。"前半句写视觉，后半句写嗅觉。诗人将火把高高举起，在这里我们可以想象出火焰在洞内忽明忽暗，映在怪石上的扑朔迷离的景致。洞中的香气浸染到衣服之上，竟也不知道这香气从何而来。从颔联至颈联，情景切换流畅自然，风物瑰丽新奇，如梦如幻。

尾联更加飘逸，"开舟更下神灵雨，烟雾霏霏总袭予"。诗人乘舟离开，却忽然下起雨来，令全诗有了神话色彩。就像是《山鬼》中的"杳冥冥兮羌昼晦，东风飘兮神灵雨"，天色晦暗不明，神灵降下雨来，给这首诗添加了戏剧化的色彩。不仅如此，下雨产生的水雾总是弥漫在我的周围，侵袭着我。

全诗基调空灵但不阴郁。本是探访独居的友人，却乘兴游历仙境，凸显诗人乘兴而行、兴尽而返的自由洒脱。夜晚行舟，秉烛夜游，令旅程别具生趣；半空行炬，洞中盈香，带给我们一种新奇的感官体验；

雨水忽至,烟雾霏霏,宛若人间仙境。汤显祖这篇诗作将桐庐山水和瑶琳仙境写得奇妙瑰丽,令我们也想亲身游览一番。

(陈晓耘)

五云山

黄士俊

五云山上五云开，昔日肩吾今又来。
姓系虽殊名则一，世人莫作两人猜。

▌诗作者

黄士俊（1570—1661），字亮坦，号玉崭，广东广州府顺德县（今佛山市顺德区）人。万历三十五年（1607）状元，曾任礼部尚书、文渊阁大学士、太子少傅，官至宰相。后辅佐永历帝，因年老辞官归乡。

▌诗赏析

唐代诗人施肩吾在五云山读书，传说有一天，山上出现五色祥云，后来施肩吾高中状元。这五云山中曾建有一座五尺楼，楼中石碑上刻着"唐状元施东斋先生读书处"，楼边还有一座"洗砚池"，其中有施肩吾种下的荷花。传说荷花的花叶上布满墨点，是施肩吾在洗砚时溅上了墨，因此叫"墨荷"。施肩吾在这里度过安静的青年岁月。他曾写诗怀念故乡："家在洞水西，身作兰渚客。天昼无纤云，独坐空江碧。"

明代万历年间，黄士俊拜访县令卢崇勋。卢崇勋是黄士俊同乡，二人来到五云山，谈起当年施肩吾的事，黄士俊便挥笔写下了这首诗。"五云山上五云开，昔日肩吾今又来。"五云山上出现了五彩祥云，昔日施肩吾来此，见到五彩祥云，今天我也来此地游赏，也见到了这番祥瑞。"姓系虽殊名则一，世人莫作两人猜。"我二人虽然姓氏不同，但是我们都会在科举中拔得头筹，希望世人也能像看待施肩吾一样看待我。第二年，黄士俊状元及第。

虽然施肩吾和黄士俊身处不同时代，但他们都来到了五云山，都遇到了五彩祥云，然后又都高中状元，成就了一段佳话。不过二人的命运却因其各异的人生选择而截然不同，黄士俊诗中"世人莫作两人猜"的期待并没有实现。二人都生活在动荡的时代，施肩吾选择了出世，而黄士俊则选择在入世这条路上坚定地走下去。施肩吾中举后不久辞官，归隐洪州西山修道，晚年为避乱率领族人到台湾澎湖列岛定居，成为民间第一位开拓澎湖列岛的人。而黄士俊虽然生活在明末动乱时期，但为官清正且不失圆滑，最后因与当朝权臣产生政见冲突而称病辞官。黄士俊仕途顺畅，官至宰相。明末李成栋降清攻打广东，苏观生等殉国，黄士俊随李成栋降清；接着李成栋又归附明永历帝，黄士俊也随之归附了永历帝。"老夫亦何所负于国家？所少者唯一死耳！"
黄士俊的辩白令听者动容。

（陈晓耘）

题剪越江秋图

项圣谟

岭秀峰回忆昔游，富春无日不清秋。
风来六月祠前冷，水合千溪影上流。
台放云开双锦绣，亭容雪暖一羊裘。
惭予未见先生面，三过桐江费短讴。

诗作者

项圣谟（1597—1658），字逸，后字孔彰，号易庵，别号松涛散仙、存存居士等，浙江嘉兴人。出身书画世家，其画作以山水见长，格调高雅；多取材生活，贴近现实，反映民间疾苦。传世的书画作品有《剪越江秋图》《大树风号图》《长江万里图》等。

▌诗赏析

　　这是一首题画诗，是题在项圣谟自己的画作《剪越江秋图》上的。项圣谟和友人约好要一起游览黄山，但是没能成行。后来他和表弟一起在富春江游玩，画出了这幅《剪越江秋图》。这幅画是一幅绢本设色画，画面跨度很长，从杭州附近的江干画起，横跨富春江、新安江、武强溪，再到遂安，展现了富春江和新安江沿岸的风貌和景色。

　　"岭秀峰回忆昔游，富春无日不清秋。"看到这俊秀的高山，我便想起咱们从前一起游玩的场景，要是你我一同来看这富春江的盛景就好了，这里的天气很好，每天都像是明净爽朗的秋天。首联，项圣谟从风景入题，追忆了和朋友之间的感情。

　　颔联和颈联写景。"风来六月祠前冷，水合千溪影上流。"盛夏的六月，有风袭来的时候，严子陵祠前很凉爽，祠堂、高山、树木的影子映在河底，许多条溪水汇成的河流在影子上流过。此二句制造出了一种通透清凉之感：一是盛夏"六月"的酷热和"冷"之间的对比，二是清冽的河水在水底的影子上流淌，从感官上给人清爽的感觉。

　　项圣谟在写诗时非常注重意象的组合和感官上的细腻感受，颈联二句也体现着这个特点。"台放云开双锦绣，亭容雪暖一羊裘。"钓台很开阔，天上乌云散去，云开雨雾，太阳露了出来。这一天一地，都是那么光明澄澈，二者相得益彰。亭子很宽敞，雪也都融化了，披着羊裘的隐士正坐在那里垂钓。"亭容雪暖一羊裘"可能是诗人的想象，他想象当年东汉严光在此垂钓的场景。

　　"惭予未见先生面，三过桐江费短讴。"可惜啊，我没能见到你，不然咱们一起纵情山水之间，一定很美妙，我三次走过桐江，都白白吟唱了一番。

　　整首诗就像是一幅画，景物和人物等各种意象错落有致地组合在一起，干净疏朗，但不失细腻。项圣谟的书画诗作俱佳，且能相互借鉴。
这首诗正如项圣谟的画作一样，清秀隽永，庄重严谨。

（陈晓耘）

明　项圣谟《剪越江秋图》

泊鸬鹚湾

李 昱

朝辞婺女城，暮泊鸬鹚湾。
鸬鹚暝不见，但闻水潺潺。
水声日西流，客子何时还。
长风吹征衣，惨淡生愁颜。

▌诗作者

李昱，生卒年不详，字宗表，号草阁，浙江杭州人。明洪武中任国子助教。有《草阁集》。

▌诗赏析

　　这首诗是李昱在客游途中停船在鸬鹚湾时所作。诗的前两句交代了作者的行程，"朝辞婺女城，暮泊鸬鹚湾"。这里提到了两个地名，"婺女城"是浙江金华，金华是婺女星分野，所以又叫"婺女城"，"鸬鹚湾"则是桐庐富春江支流的一处港湾。从金华到桐庐有二百余里，可见诗人行程很急。

　　三四句承接"鸬鹚湾"的地名而来，"鸬鹚暝不见，但闻水潺潺"，说天色已晚，水鸟归巢，这里看不到鸬鹚，只能听到潺潺的水声。"暝"就是天黑的意思，这种昏暗的环境已经给诗歌的意境笼上了一层阴霾，接下来的几句更是直接抒写了愁苦的心情。

　　五六句"水声日西流，客子何时还"，让人联想到南朝谢朓的诗句"大江流日夜，客心悲未央"，在日夜不息的流水之中，时光就这样无情地逝去了，天涯游子却不知道何时才可以还乡。

　　七八句"长风吹征衣，惨淡生愁颜"更以寒风侵人肌骨的感觉表现游子的惨淡愁颜，《古诗十九首》中有"凉风率已厉，游子寒无衣"之句，漂泊在外受寒风侵袭，可以想见风尘困顿之状。

　　这首诗是典型的客中思乡之作，口吻温厚质朴，却因为表现了一种人类普遍的情绪而感人至深。游子思乡是古典诗词中常见的主题，从《诗经》中的"式微，式微，胡不归"，到《古诗十九首》中的"胡马依北风，越鸟巢南枝"，再到唐诗中的"乡书何处达，归雁洛阳边"，这种情绪始终吟咏不衰。桐庐山水独绝，游子流连欣赏的同时，更易触景生情。唐代诗人孟浩然夜宿桐庐江，也曾留下"还将两行泪，遥寄海西头"这样的诗句思念故友。

　　古人对离愁别绪的感慨特别深刻，在交通、通信都极为不便的情况下，空间的阻隔是难以逾越的障碍。人们对家乡亲人的思念也因此分外深切。"鱼腹藏书""鸿雁传书"都是古人期望互通音信的浪漫想象，因为对远行的游子来说，家乡是那么遥不可及的所在。今人同样有思乡之情，只是随着近代交通、通信的发达，这种情绪不再像古人那样深刻而绝望。近人写诗赞美新兴的交通、通信工具："举头铁索路行空，电气能收夺化工。从此不愁鱼雁少，音书万里一时通。"如今，回乡不再是一件特别困难的事，山长水远，也有便捷的交通工具可达。依靠手机、电脑等通信工具，哪怕相隔万里也可以轻易听到对方的声音、见到对方的容貌，从前"置书怀袖中，三岁字不灭"的情况也很难再现了。

我们看诗人李昱笔下的"水声日西流，客子何时还。长风吹征衣，惨淡生愁颜"，感动于其中深厚的乡愁，有时也会感叹现代人乡情的淡漠。其实并不是人类的情感发生了怎样的变化，而是科技的发展和生活方式的变化让人们情感的形式发生了变化。

（于家慧）

明 李流芳《溪山高隐图》

桐 君

孙 纲

以桐为姓以庐名，世世代代是隐君。
夺得一江风月处，至今不许别人分。

┃诗作者

孙纲，生卒年不详，江苏丹徒人。明嘉靖年间任桐庐县典史。

明 蓝瑛《松岳高秋图》

▌诗赏析

这首诗写的是被尊为中药鼻祖的桐君老人。

关于桐君的传说我们已经介绍过，相传在黄帝时期，有一位老人在山上的梧桐树下结庐炼丹、悬壶济世，当地受他恩惠的百姓很感激他，问他姓名，他便指指梧桐树，当地人因此尊称他为"桐君"，这也是桐庐县地名的由来。

自桐君老人以后，桐庐此地出过不少隐士，如东汉的严子陵、唐代的施肩吾、明代的徐舫。这位无名无姓的桐君老人却没有被历朝历代的风流人物掩去光彩，桐庐的山风水月永远纪念着他。北宋元丰年间，桐君山上建起了桐君老人的祠堂，到现在我们还可以看到桐君祠、桐君亭、桐君白塔等遗迹。桐君的事迹在诗人们笔下传唱不衰，孙纲这首《桐君》就被镌刻在桐君山的石壁之上。

中医药作为我国传统文化中的瑰宝，其中蕴含着深厚的文化精神。儒家经世致用、保国安民的理想与医者济世救民的行为一脉相承。北宋名臣范仲淹便有"不为良相，愿为良医"的说法，读书人如果不能匡扶天下，就应该做一名医生，庶几不负儒者利泽苍生的理想。所以古代的读书人对医者有一份天然的亲近，北宋诗人苏辙乘船经过富春江的时候，因为舟子行船太快错过了严子陵钓鱼台的名胜，不过还有桐君山在前，他也十分期待，便写下了"严公钓濑不容看，犹喜桐君有故山"的诗句。

遥想上古时期的这位无名老人，他筚路蓝缕，以启山林，在恶劣的自然环境中采药、炼药、撰写药录，不知道有多少人因为他的努力而保全性命。在当代社会，中医药仍然发挥着不可替代的作用。桐君的事迹就像一种文化符号，象征着我国先民不畏艰险、勇于抗争、无私奉献的伟大精神。正是这种精神，让无名隐者桐君与后世名流严子陵等人相比毫不逊色，当得起"夺得一江风月处，至今不许别人分"这样的赞誉。

如今，当后人看到"桐君"这个充满草木清芬的名字时，不仅仅会想到与世无争的隐者，更会想到胸怀生民的仁者。在这里，入世与出世的选择仿佛形成了奇妙的融合。其实儒家的入世与出世正是如此，入世而保有自我的本真，出世而不忘为人的责任。一个怀有真正儒者精神的读书人，身在草泽、胸怀家国是必然的选择。我们正可以此审视自己的人生，奉献社会不等于失去自我，自由独立不等于与世隔绝，大可不必在一个方向上走得过于极端。

（于家慧）

清朝

清　王原祁《仿黄公望笔意富春山居图》（局部）

七里溪

李　渔

景到严陵自不凡，幽清如画始开函。
好山我欲迟迟过，卸却云中半幅帆。

▌诗作者

　　李渔（1611—1680），字笠鸿、谪凡等，号笠翁，人称"李十郎"。浙江兰溪人。明末清初文学家、戏剧家。李渔生于江苏如皋，自小聪明过人，善于诗文，却遭科场不利。入清后无意仕进，在杭州期间创作了《怜香伴》《风筝误》等作品，后在金陵建成芥子园，在此组建戏班，刻印书籍。他游览四方，各地演出，广交天下名流，晚年寓居杭州。李渔一生创作了大量的戏剧作品，如《闲情偶寄》是戏曲理论的集大成之作；他还创作了小说集《无声戏》《十二楼》等。

清　八大山人《仿董北苑山水图》

▌诗赏析

这首诗描绘了七里溪的美好景致。七里溪与严陵濑相接，是东汉严光隐居的地方。"景到严陵自不凡"，到了严陵濑，景色自然不同凡响。严陵濑美好的不仅仅是秀丽的山水，还因为有严光这样美好的人物存在过。汉光武帝刘秀登基后，请曾经的同窗好友严光做官，严光却执意退隐，在富春山度过余生。正是因为有这样高尚的人物，七里溪才有了幽清的风韵，"江海冥灭，山林长往。远性风疏，逸情云上"。

"幽清如画始开函"，七里溪风景幽清，就像是刚刚打开的一幅画卷一样。这幅画如何"幽清"呢？孟郊曾在《桐庐山中赠李明府》一诗中写道："静境无浊氛，清雨零碧云。千山不隐响，一叶动亦闻。"山中下着清澈的雨，天空中点点云彩。千山万籁俱寂，一点声音都藏不住，就连一片叶子被风吹动都能听得到。

"好山我欲迟迟过"，因为这山色太美，我想要船再划得慢一些。"迟迟"二字发音在唇齿之间，且是叠音词，营造出了一种依依不舍的情感。

那么又该如何让船划得慢一些呢？诗人宁可"卸却云中半幅帆"，将船的半幅帆卸下来，以此种方式让自己多看几眼七里溪美丽的风景。

全诗通俗易懂，诗人并未详细描述七里溪的美景，但"迟迟过""卸却云中半幅帆"生动地表现出了诗人对此地美景的流连和对隐逸山林的向往。李渔曾在经严子陵钓台时写下一首词《多丽·过子陵钓台》，其中有"同执纶竿，共披蓑笠，君名何重我何轻？不自量，将身高比，才识敬先生。相去远，君辞厚禄，我钓虚名"。诗人感慨自己和严子陵先生一样，都是一生没有做官。但严子陵放弃高官厚禄，自己却是沽名钓誉。他为严子陵高尚的品格所折服，为自己的才识和境界而感到惭愧。从李渔的文字中，不难感受到其恳切与真实。正是诗人这份恳切与真诚，最能打动读者。

（陈晓耘）

泊富春山下

王修玉

孤城一片水云间，黄叶丹枫满目斑。
今日已无黄子久，谁人能画富春山？
沙江渺渺渔舟聚，烟雨霏霏宿鸟还。
自笑此行无一事，虚随估船渡江关。

▎诗作者

　　王修玉（1626—1699），字倩修，号松壑，晚年自号恬翁，仁和（今
属浙江杭州）人。康熙十八年（1679）以贡生身份参加廷试，被授予
博士之虚职。少时曾与"西泠十子"唱和，又与毛先舒等人结盟，为"鹫
山十六子"之一。著有《松壑堂集》等。

▍诗赏析

　　这首诗首联点题，描绘了诗人泊舟于富春山下江面之所见。远处是水云间若隐若现的桐庐县城，近处是漫山斑斓的秋叶。一个"孤"字，是指城，又或是指人？总之，这样的景色是把人裹挟到萧瑟的秋意中去了，颇有些唐人王绩《野望》中"树树皆秋色，山山惟落晖"的况味。

　　而这况味，由于颔联的出现，便更增添了深厚的历史内涵。此联是一句反问，更是一种感慨。诗人感慨的是，世上除了黄公望这样的高士，谁还能画出这富春胜景？然而，景色既已呈现目前，又何必再付之水墨？这就不得不使我们思考黄公望所绘《富春山居图》的深意了。《富春山居图》始绘于元至正七年（1347），后经数年方完稿，此时黄公望已八十有余。作为南宋遗民，又经历了元代官场的牢狱之祸，此时的黄公望早已心如止水而舍俗入道了。他将一生的感慨，都系于这萧散淡泊的画卷之中。明代著名画家沈周在此画题跋中说："以画名家者，亦须看人品何如耳。人品高，则画亦高。"唐代画家张璪提出作画当"外师造化，中得心源"（《历代名画记》卷十）。显然，人们推重《富春山居图》，不仅是由于喜爱它的淋漓笔墨，更是对黄公望超尘之姿和淡泊心境的仰慕。显然，同样作为遗民的王修玉，在路过富春山时，是不能不想起黄公望的。更何况，这里还曾生活过另一位著名隐士——东汉严子陵。因此，诗人之所以要"画"富春山，实际上是要"显"自己的高洁之志，这就是中国的自然山水往往带有浓厚的人文意蕴的原因所在。诗人的这句反问，亦让人想起唐人高蟾的诗句"世间无限丹青手，一片伤心画不成"，尽管两诗主旨并不相同。

　　颈联转入具体景物的描摹。出句写人事，浩渺秋江上，停泊着返航的渔船；对句写自然，烟雨霏霏中，盘旋着归飞的暮鸟。一切都是那样的静谧自然。这种自然，和上联作者对富春山水文化意蕴的有意识追寻，形成了鲜明对比。于是，尾联再次表露心志。诗人的这趟行程，并非为了功名利禄，故而首联的萧瑟之意，颔联的人生感慨，在此复归于平静。我们有理由相信，作者此处的自笑，并非自嘲，而是历经世事后的心灵超越。这正如同黄庭坚离开蜀地贬所后所吟之句："未到江南先一笑，岳阳楼上对君山。"而结句又让人想到杜甫《秋兴八首》中的"奉使虚随八月槎"，只不过老杜是感慨有官不能赴任，而雅号"恬翁"的王修玉，经天启、崇祯、顺治、康熙四朝，虽生活清贫，却始终以读书课徒、游历山川为乐，是真正怡然于无官一身轻了。

（崔　森）

鸟语师玄宰商铜颂修花戸磴
池涯受岬市尔船沼海笔欲崇
峯啚居楼
己亥吉月由圃土肉画如尔

清 弘仁 《西圆坐雨图》（局部）

富 春

洪 昇

高吟把酒倚船窗，惊起沙头鹭一双。
夹道丹黄乌柏树，随人直过富春江。

▌诗作者

洪昇（1645—1704），字昉思，号稗畦，又号稗村、南屏樵者，钱塘（今浙江杭州）人。清代著名戏曲家、诗人，他出身于书香门第，终生未做官。洪昇的代表作是传奇《长生殿》，讲述唐明皇、杨贵妃之间的爱情悲剧。《长生殿》在当时就流传很广，因在孝懿皇后病逝后演出，洪昇被弹劾下狱。人说："可怜一曲《长生殿》，断送功名到白头。"数年后江宁织造曹寅邀请洪昇观看《长生殿》的演出，洪昇在返回路上酒醉落水而死。洪昇还创作有诗集《稗畦集》等，杂剧《四婵娟》等。洪昇与孔尚任被称为"南洪北孔"。

▌诗赏析

　　"高吟把酒倚船窗"，泛舟富春江上，纵情山水之间，对酒当歌，倚船观景，当是人生乐事。洪昇喜欢在船上纵情饮酒，尤侗说："洪子既归，放浪西湖之上，吴、越好事闻而慕之，重合伶伦，醵钱请观焉。洪子狂态复发，解衣箕踞，纵饮如故。"可见洪昇是位性情中人，可惜这位真性情的诗人终究因醉酒落水而死，令人惋惜。

　　"惊起沙头鹭一双"，诗人的"高吟"惊起沙洲上的一双鹭鸟，活泼俏皮，极具画面感。如李清照《如梦令·常记溪亭日暮》一样清新自然，"争渡，争渡，惊起一滩鸥鹭"。

　　"夹道丹黄乌桕树，随人直过富春江。"两旁的乌桕树随着船一起驶过富春江。乌桕树叶在春秋是红色的，而且比枫叶红得要早。林逋的《水亭秋日偶书》写道："巾子峰头乌桕树，微霜未落已先红。""丹黄"的乌桕树为此时的富春山水平添了一份秋天的悲凉。王士禛《登燕子矶记》也描写过丹黄的乌桕树："时落日横江，乌桕十余株，丹黄相错。北风飒然，万叶交坠，与晚潮相响答，凄栗惨骨，殆不可留。"充满凄凉之感。正是这份悲凉之感伴随诗人渡过了富春江。

　　诗人们来到富春江，总会倾心于此地的美丽，或表达对严子陵的敬仰之情，或抒发自己归隐的愿望。但是洪昇此诗的重点不在于描写富春盛景，也不在于凭吊古迹，他更愿意表达自己当下的感受。酒醉乘舟的快乐，高声吟唱的随性，双鹭惊起的美艳，以及丹黄乌桕树的苍凉。当我们在游览山水时，每个人的感受都不尽相同。"修辞立其诚"，看到钟灵毓秀的景致，描绘出心中的真情实感往往最打动人。

（陈晓耘）

清　石溪《溪亭垂钓图》（局部）

雨过桐庐

查慎行

江势西来湾复湾，乍惊风物异乡关。
百家小聚还成县，三面无城却倚山。
帆影依依枫叶外，滩声泪泪碓床间。
雨蓑烟笠严陵近，惭愧清流照客颜。

▌诗作者

　　查慎行（1650—1727），初名嗣琏，字夏重，后改名慎行，字悔余，浙江海宁人。康熙四十二年（1703）进士，官至翰林院编修。清初诗坛浙派代表诗人，诗学苏轼、陆游，善用白描，流畅清新，是当时学宋诗人中成就最高者。著有《敬业堂集》。

▎诗赏析

　　这首诗写于康熙二十二年（1683），查慎行三十四岁时。这一年，查慎行由故乡海宁前往江西南昌，担任伯父查培继的幕僚。此诗是途经桐庐时所作。首联点题，富春江流经此地，清澈萦回，风物人情与故乡颇为不同，触动了诗人的羁旅之思。由"复""惊"等字看，全诗的情感基调并非清朗明快，而是带有一种年轻人特有的惆怅。作为长子，在父母皆故去的情况下只身远游，其情可知。

　　中间两联扣住"风物异乡关"展开描写。在诗人笔下，桐庐县城的整体特点是人口不多，依山傍水。颈联中，诗人又选取了两个特写镜头，来突出当地风情。"帆影"一句照应桐庐紧邻富春江的地理特点，点点白帆，片片红叶，倍增旅思。且由红叶意象，可知此时为秋天。战国时的宋玉在《九辩》中写道"悲哉，秋之为气也"，篇首诗人的那种愁思也就不难理解了。"滩声"一句，又在自然山水中加入了生活场景，滩声伴随着舂米之声，为秋日的江边带来些许生机。

　　此联上写所见，下写所闻，自然灵动。前人认为查慎行诗近陆游，陆游有《楚城》一诗："江上荒城猿鸟悲，隔江便是屈原祠。一千五百年间事，只有滩声似旧时。"滩声这一意象，总能把人带入历史的沧桑。由此看来，查慎行的这句诗又是把历史和现实融为一体了。

　　于是，诗人在尾联，就自然将笔触伸向隐居桐庐最著名的历史人物——东汉严光了。严光少年时与刘秀同游，刘秀登基成为光武帝后，屡次邀请严光出仕。严光坚辞，躬耕富春山畔，垂钓富春江上。"雨蓑烟笠"不仅点出诗题中的"雨"字，更营造了一个"不事王侯，高尚其事"的高士形象。清澈的江水，映照过严光这样的高士，现在却又映照着奔波仕途的诗人。于是，诗中的旅思又添入了诗人徘徊于功名与白衣间的矛盾。

　　查慎行对严光这样的"清流"是由衷崇敬的，康熙四十二年

（1703），五十四岁的查慎行终于得中进士。然而，诗人在给康熙皇帝的诗中仍然说自己"笠檐蓑袂平生梦，臣本烟波一钓徒"，康熙竟也以"烟波钓徒查翰林"相呼。可见，查慎行是很以自己淡泊功名的处世之态为然的。特别是四十岁时目睹洪昇、赵执信等人因在康熙皇后佟佳氏丧期内观看戏曲《长生殿》而遭受严厉处罚、自己也被革去太学生籍后，更是对官场保持戒惧之心，更改名字，写下"荆高市上重相见，摇手休呼旧姓名"的诗句。但作为传统社会士大夫中的一员，查慎行又不可能完全摆脱儒家的入世观念而去做一个真正的隐士。实际上，查慎行也是颇有政治抱负的。其在年轻时同样也写过"横草名空挂，封侯望本痴"这样怅惘功名的诗句。而在得到康熙"风度尔雅，洵堪为儒臣冠"的赏识之后，他又兴奋地表示"较量前辈荣真冒，比并同年幸最多"。然而，人生往往充满了戏剧性。雍正四年（1726），因二弟查嗣庭卷入政治斗争，七十七岁的查慎行也被牵连入狱。后虽放出，但当年即辞世。诗人晚年曾有"人言宦海藏身易，自笑生涯见事迟"的感慨。此时，我们再读这首诗人青年时期的作品，可能就会有更多的感触。作者虽早早就感到官场艰险，但依然不免在其中沉浮了一生。宦海波涛与富春江水，形成了现实与理想的纠缠。这种纠缠，恐怕是那个时代的士大夫很难厘清的。即如查慎行钟爱的前辈诗人苏轼，亦不免于此。因此诗题中的"雨"，也似含有人生风雨的深沉意味了。

（崔　森）

严子陵

方 苞

君臣本朋友，随世分污隆。
先生三季后，独慕巢由踪。
真主出儒素，千秋难再逢。
故人同卧榻，匪直风云从。
孤高一身远，大猷千古空。
岂伊交尚浅，将毋道未充？
卧龙如际此，焉敢伏隆中？

诗作者

　　方苞（1668—1749），字凤九，一作灵皋，晚年号望溪，安徽桐城人。康熙四十五年（1706）中会试。后因《南山集》案下狱，因文名被赦。官至内阁学士、礼部侍郎。方苞为清代著名古文家，其文凝练雅洁，与姚鼐、刘大櫆合为"桐城派"古文三祖。著有《望溪文集》。

诗赏析

这首五言古体诗为咏史诗，可大致分为三个段落。第一段为开头两句，总领全诗，指出君臣间应该是一种朋友的关系，只是这种关系随着当世形势又有着高下之别。第二段从"先生三季后"至"匪直风云从"，前四句分写严光和光武帝这一对著名君臣。诗人赞美了严光不慕荣利的高士品格，将其比为历史上著名的隐士巢父和许由。对于光武帝，诗人则称赞其通晓儒术，乃不世之君。这样，自然引出后两句君臣二人同卧的历史典故，认为这实在是千载难逢的风云际会。隐含着诗人对君明臣贤、共创大业的政治局面的期许。第三段从"孤高一身远"至末句。此段笔锋一转，君臣合力的场景并没有出现，严光面对高位，却选择了巢父、许由的归隐之路，未能贡献出治国良策，留下千古遗憾。对于严光的这一选择，方苞并不取肯定态度，认为君臣二人的分离，并非由于交情短浅或光武帝不够恳切，而是由于严光于儒者之道尚未充盈。他随后举了一个例子，如果诸葛亮受到刘备如此盛情的邀请，还会选择继续隐居吗？"隆中对策"与"大猷千古空"形成了鲜明的对比。

咏史的主要目的在于讽今。此诗为何对于士大夫高洁形象的代表严光，并不像一般作品那样大加赞美呢？这与方苞的创作心态有关。方苞中进士后不久，就发生了著名的文字狱——"《南山集》案"。康熙五十年（1711），戴名世因其文集《南山集》语涉南明小朝廷获罪。方苞是戴名世好友，曾为《南山集》作序，而《南山集》又引用了方苞祖辈方孝标《滇黔纪闻》中的内容。这样一来，方苞难免受到牵连，亦被论死收监。后经李光地营救，康熙五十二年（1713），戴名世被处死后不久，方苞得到康熙赦免，被召入南书房。康熙六十一年（1722），被任命为武英殿修书总裁。因此，方苞以戴罪之身，作为文学侍从伴随康熙近十年。这就可能引起人们特别是所谓"清流"的非议，好友被皇帝处死，自己不能远遁山林，反而以文自鸣。这首诗虽未标明写作年代，但玩味诗意，很有可能就作于"《南山集》案"之后。在信奉程朱理学的方苞看来，作为一个儒者，如果遇到像光武帝这样有作为的君主，就应当出世经纶。或许，诗中便有以光武比康熙的用意。那么自己服务于朝廷，自然是"道充"的表现了。此诗或许可以看作方苞为自己进行的一番辩白吧。

一般认为，作为古文大家的方苞，诗才有限。从艺术上来看，这首诗确实风格质朴。但从另一方面来看，却又用典精切，章法谨严，议论出新。这与其主张的古文"义法"——"言有物"与"言有序"

相吻合。方苞认为"诗之用，主于吟咏性情，而其效足以厚人伦、美教化……唐之作者众矣，独杜甫氏为之宗。其于君臣、父子、夫妇、昆弟、朋友之间，流连悱恻，有读之使人气厚者。其于诗之本义，盖合矣乎？"由此看来，无论作文还是作诗，在弘扬儒家观念上，方苞都可以称得上是"吾道一以贯之"了。

（崔　森）

清　吴历《横山晴霭图》（局部）

题青林红叶图

董邦达

青林红叶照秋潭，挂席微风镜画涵。
一段清光描不得，桐君山北富江南。

诗作者

董邦达（1699—1769），字孚存，号东山，浙江富阳人。雍正
十一年（1733）进士，授庶吉士。乾隆二年（1737）授编修，曾编修《石
渠宝笈》等书。官至礼部尚书，谥"文恪"。董邦达是乾隆时期著名
书画家，大学者纪昀的老师。与董源、董其昌并称"三董"。

清　董邦达《青林红叶图》

▌诗赏析

题画诗在中国有着非常悠久的历史,其中有许多脍炙人口的名作,如杜甫《奉先刘少府新画山水障歌》、苏轼《题惠崇春江晚景》等。此外,又有根据诗歌内容创作的"诗意画"。"诗画本一律",是唐宋以来士大夫的普遍认识。这首诗便是董邦达为自己的画作所题。这幅山水画现藏于故宫博物院,纵 77.5 厘米,横 36.2 厘米。诗后注"拟元人设色并题",款署"东山董邦达"。引首钤"自怡"印,下钤"邦达""学画"二印。

画作分为近、中、远三个层次。近中处由对峙的矮坡围成潭面,坡石以赭石、石绿晕染,坡上杂树丛生,高低有致。树叶青红相间,尽显江南地气之温润。两岸有小亭一座、田舍数间,顶皆青色,与周围树色相应。坡石入水处芦苇斜立,颇有不胜风力之态。诗的首句描绘的正是画作的这一部分。而画的远处,则由富春江面和远山构成。只见江水绵延,微风徐徐,白帆数点,顺流而下。秋江倒影,引人遐思。杜牧在同样的季节也有"江涵秋影雁初飞,与客携壶上翠微"之句。更远处,则是桐君山景,主峰高耸,木石环绕;远峰缥缈,望之无际。宋代著名画家郭熙在《林泉高致》中说:"自近山而望远山,谓之平远……平远之意,冲融而缥缥缈缈。"作者自题仿元人笔意,此画便深得倪瓒萧散超逸之精神。无怪乎晚清秦祖永评价其画作"笔墨深入古法,神韵悠然,足称画禅后劲"。

诗的前两句基本已对画作描绘完毕,那么从绝句章法来说,关键的第三句应当"转"向何处呢?作者没有接着描写画中景物,却由实转虚,认为自己的画作远没有表现出桐庐山水的"清光"。这样,就将读者带入对现实景象的无限遐想中去了。眼前丹青都如此动人,现实之境岂不更令人神往?这种更进一层的艺术手法是非常巧妙的。

而如果从中国传统绘画理论的角度来看,第三句也有其深刻含义。中国传统画论一直有着重形似和重神似两种观点,而唐宋以来,重神似逐渐成为文人画的创作主流。苏轼认为"论画以形似，见与儿童邻"，又在比较吴道子和王维画作时说"吴生虽妙绝，犹以画工论；摩诘得之于象外，有如仙翮谢笼樊"，郭熙也说"境界已熟，心手已应，方始纵横中度，左右逢源"，都是提倡画作要超越表象，体现事物的内在神韵和作者心境。南朝宗炳在《画山水序》中已经指出"山水以形媚道，而仁者乐"，也就是说，人们欣赏山水，不仅仅是欣赏其外表的峥嵘盘桓，而是进一步体会其背后蕴含的天地大化之"道"，从而提升内心境界，这就是所谓的"圣人含道映物，贤者澄怀味象"。这种"道"，显然是很难用画笔描摹的。

顺着这样的思路，我们也可以试想，诗人想要通过这幅画作表现什么样的"道"呢？作为乾隆赏识的宫廷画家，董邦达长期出入宫禁，许多画作也是根据乾隆诗意绘成的。那么，在绘制家乡山水时，除了融入乡情，也不免以富春山水特有的隐士文化相标榜，以显示自己的林下之情。比董邦达稍晚的书画家蒋宝龄便称赞其"官虽显达，而淡于荣利，莳花洗石，啸咏烟霞"，这也便是"一段清光"的深意所在吧。

（崔　森）

桐江作（其一）

袁　枚

桐江春水绿如油，两岸青山送客舟。
明秀渐多奇险少，分明山色近杭州。

▋诗作者

袁枚（1716—1798），字子才，号简斋，晚号随园老人，钱塘（今浙江杭州）人。乾隆四年（1739）进士，授翰林院庶吉士，历任溧水、沭阳、江宁等地县令。后辞官闲居江宁（今江苏南京）小仓山随园，直至辞世。著有《随园诗话》《小仓山房诗文集》等。

▌诗赏析

　　乾隆四十七年（1782）春，六十七岁的袁枚先与友人游览天台、雁荡等浙江名山，后又访兰溪（今浙江兰溪）、缙云（今属浙江丽水）等地名胜，五月上旬至杭州。此诗便作于这段行程之中。

　　诗人有友人相伴，又是回乡之旅，心情之愉悦可知。《桐江作》共四首，这是第一首。诗人寻山看水接近尾声，山水仿佛依依不舍地向诗人作别，而诗人哪舍得这一江如油的春水和两岸似画的青山呢？不过，诗人淡淡的客思中，又有一丝别样的情绪。原来，通过两岸山势特征的变化，诗人发现自己已经逐渐告别了浙西那些高奇险峻的名山（第四首云："诗人用笔求逋峭，何不看山到浙西？"），而渐渐被故乡杭州那明媚秀丽的山色所环绕。一个"近"字，是萦绕在心头的乡愁，是久别重逢的喜悦。这份喜悦，我们可以在第二首诗中得到印证："兰溪西下水萦回，分付船窗面面开。紧记心头须早起，明朝无数好山来。"在诗里，山水完全变成了作者主观情绪的外化，读者循此可见作者性情。

　　诗人在经桐庐时，还写下《重登钓台》《再题子陵庙》等诗作，其中所蕴藏的人生取向更为鲜明。袁枚少年早慧，二十四岁便中进士。在沭阳、江宁等地为官时亦有政声。但其骨子里始终是诗人性情，不愿与时俯仰、追陪折腰，因此三十三岁时便辞官归隐随园。除中途因经济拮据而短暂赴陕西任职外，直至八十三岁去世，袁枚便一直以布衣的身份与友人诗酒唱和、读书授徒、纵览山川。可以说，袁枚的隐居之志是坚定的，在诗作中少有一般退居官员那种故作清高的姿态，而是真正沉浸于这种清风明月式的生活。这不由让人想起《儒林外史》中的一段描写："娘子笑道：'朝廷叫你去做官，你为什么装病不去？'杜少卿道：'你好呆！放着南京这样好玩的所在，留着我在家，春天秋天，同你出去看花吃酒，好不快活！'"《重登钓台》就反映了诗人这种心态："琼台登罢钓台登，白发重登倍有情。照水貌怜非昔日，游山事可告先生。荒江小泊难忘旧，圣世辞官易得名。半夜推篷向空望，台星终让客星明。"显然，出生于杭州的诗人不是第一次凭吊严子陵钓台遗迹了。不过，虽是历经世事后的晚年重游，已非翩翩少年，但诗人的志趣未改。此前的天台山之游，正体现了诗人的烟霞物外情，因此可以无愧于严子陵的"先生之风"了（《再题子陵庙》云："记得当初过富春，翩翩弱冠拜音尘。而今花甲还相访，也算先生一故人。"）。而"圣世辞官易得名"似指严光，又似言己，本欲归隐反得大名，是嘲是喜，只能凭读者各自玩味了。

袁枚是乾隆诗坛标举"性灵说"的宗主，主张作诗应当反映作者的真情与个性，反对一味复古或把作诗当考据。曾讽刺肌理派代表诗人翁方纲云："天涯有客号詅痴，误把抄书当作诗。抄到钟嵘《诗品》日，该他知道性灵时。"我们吟诵其作于桐庐的这几首诗作，确实能够感到一股活泼晓畅、情感充沛、如对人言的"灵气"。袁枚的潇洒个性、悠然之志，一直持续到生命的最后一刻："千金良药何须购，一笑凌云便返真。倘见玉皇先跪奏，他生永不落红尘。"这一"真"字，便是性灵的真谛所在吧。

（崔　森）

清 王鑒《仿古山水图》（一开）

富春至严陵山水甚佳（其一）

纪　昀

浓似春云淡似烟，参差绿到大江边。
斜阳流水推篷坐，翠色随人欲上船。

▌诗作者

　　纪昀（1724—1805），字晓岚，一字春帆，晚号石云，谥"文达"。直隶献县（今属河北沧州）人。乾隆十九年（1754）进士，官至礼部尚书、协办大学士、太子少保。主持纂修《四库全书》，编定《四库全书总目提要》。著作有《纪文达公遗集》《阅微草堂笔记》等。

诗赏析

　　乾隆二十七年（1762），三十九岁的纪昀先是于春季随乾隆南下江浙，后于秋季任顺天（京城）乡试同考官。接着于十月初八，从京城前往福建任学政。纪昀把这趟南下行程中的所见所闻，写成总题为《南行杂咏》的近百首诗作。《富春至严陵山水甚佳》也是此行所作，共四首，这里选取的是其中第二首。

　　为了了解诗人的创作心理，我们先看一看这组诗的第一首："沿江无数好山迎，才出杭州眼便明。两岸蒙蒙空翠合，琉璃镜里一帆行。"诗人由杭州逆流而上，钱塘江的空蒙翠色将诗人眼中的仕宦俗情一洗而空。与其说"迎"字是将山拟人，倒不如说是诗人以有情的双臂去拥抱山水。可见，诗人此行的心情是愉快的。接下来，便至第二首诗，也即本诗。船行至桐庐县附近的富春江面，景色愈发可人。诗的前两句写两岸山色，比喻新奇。诗词中常以女子的黛眉或发饰比喻山形，如张孝祥的"远山眉黛横"、辛弃疾的"遥岑远目，献愁供恨，玉簪螺髻"等。而诗人此处别出心裁，以春云和春烟比喻山色的浓淡，可谓深通画理，给人以水墨晕染之感，勾勒出江南山川的秀美。一句包含两个喻体，与白居易写柳树的"一树春风千万枝，嫩于金色软于丝"同一机杼。而这浓淡参差的绿色，随着山势延伸到江边，和绿如蓝的春江融为一体，上下天光，一碧万顷。这一个"绿"字，写出了春天的生机、视觉的移动，真可与王安石"春风又绿江南岸"相媲美。而结尾两句更妙，诗人陶醉春风，不知不觉已至傍晚，夕阳下的翠色，来自江水，也来自青山的倒影。总之，这浓得化不开的绿，随着晃漾的波纹，不停地拍打船舷，似乎要扑向诗人的怀中。这幅画面，不正是老杜所说的"春水船如天上坐"，不也是王维所描绘的"山路元无雨，空翠湿人衣"吗？

　　纪昀所在的乾隆朝，正是以沈德潜为代表的格调派、以厉鹗为代表的浙派、以翁方纲为代表的肌理派、以袁枚为代表的性灵派等各个诗歌流派竞相争胜的时代。纪昀作为《四库全书》的总编纂，对中国诗歌的发展流变和当代诗坛各家的得失有着比较全面的了解，持论也比较中允，认为"善为诗者，其思浚发于性灵，其意陶镕于学问"。故其诗作既有性灵派的真情勃发，又有学者之诗的理趣横生，形成融汇各家的"纪家诗"风。以此诗而言，近而不浮，远而不尽，似更近神韵性灵一路。而其在桐庐还写有《钓台有感》《又咏钓台示诸友》等作，讨论了古今士大夫的仕、隐问题，最后得出"但令心不滓，似此波粼粼"的结论，则又是以议论为主的学者之诗了。

（崔　森）

七里濑

李调元

烟江渔互唱，小艇人相语。
峰回不见峰，路转疑无路。
遥见山下人，渐入山中去。

▌诗作者

李调元（1734—1802），字羹堂，又字鹤洲、赞庵，号雨村、童山等，绵州罗江（今属四川德阳）人。清代诗人、学者、戏曲理论家。乾隆二十八年（1763）中进士，授翰林院庶吉士。历任吏部文选司考功司主事、员外郎等职。乾隆五十年（1785）回乡闲居，建"万卷楼"以藏书。著有《童山诗集》等。与张问陶、彭端淑并称"清代蜀中三才子"。

▌诗赏析

乾隆十八年（1753），李调元随任余姚县令的父亲李化楠来到浙江，时年二十。之后数年间，皆在浙江居住，并从查梧冈、钱陈群等名士学诗。此诗应作于诗人这段青年游学时期。

这首小诗押仄声韵，是一首五言古体诗。全诗风格就如同诗人眼前的七里濑一般，清新可人。起笔两句，烟波缥缈的富春江面，渔歌互答、游人细语，宁静之中又添几分活泼。中间两句，诗人或是行船，或是徒步，总之以峰回路转的视觉动态，写出行进之感。可是结句，并没有陆放翁"山重水复疑无路"之后的"柳暗花明又一村"，而是继续深化山深路隐的氛围，把视线聚集到山脚下的一个行人，看着他渐渐隐入蓊郁的山林之中。作者为什么不效法放翁给此诗作结呢？这就需要我们细品诗题。原来，七里濑又称严陵濑，位于桐庐县南，相传是东汉著名隐士严光躬耕垂钓之处。因此，结句实际突出的是一个"隐"字，全诗虽然没有出现严光的名字与事迹，但结句的这幅画面，不正是严光远离世俗名利的精神境界的生动写照吗？我们不由为诗人这巧妙含蓄的艺术构思而叫绝。

李调元曾说"余于诗酷爱陶渊明、李太白、杜少陵、韩昌黎、苏东坡"，这首清婉的小诗确实让人想起他所崇尚的这几位前辈大诗人的作品，我们试举几首来进行对比。李白《下终南山过斛斯山人宿置酒》开头四句云："暮从碧山下，山月随人归。却顾所来径，苍苍横翠微。"时间换成了夜晚，入山变成了下山，但不变的是青翠欲滴的山色，超然物外的心境，难怪斛斯山人要在这里结庐隐居了。苏轼《梵天寺见僧守诠小诗清婉可爱次韵》云："但闻烟外钟，不见烟中寺。幽人行未已，草露湿芒屦。惟应山头月，夜夜照来去。"与李白诗意境相近，在皎洁的月色下，这位"幽人"的心境想必也是纤尘不染的吧。僧守诠原诗云："落日寒蝉鸣，独归林下寺。柴扉夜未掩，片月随行屦。惟闻犬吠声，又入青萝去。"南宋周紫芝在《竹坡诗话》中，认为此诗与苏诗相较,那种"幽深清远"的世外之情更为自然。而笔者认为,与李调元此诗章法、意境最相近的,当属孟浩然《夜归鹿门山歌》:"山寺钟鸣昼已昏,渔梁渡头争渡喧。人随沙岸向江村,余亦乘舟归鹿门。鹿门月照开烟树,忽到庞公栖隐处。岩扉松径长寂寥,惟有幽人自来去。"因为两诗同样在世俗生活和自然山水的对比中,表明自己的出尘之志。以上所举几首诗,都与隐居生活有关,可以印证前文笔者对李调元之作主旨的推断。

关于李调元的诗歌风格,因其与袁枚、赵翼诗文往来并对二人尊崇有加,前人多将其归入以袁枚为宗主的"性灵派"。观此作模山范水,出语清新,情态宛然,甚有性灵风味。不过也有学者认为,李调元在论诗宗旨和具体创作上,也不尽同于性灵派。关于这一点,读者诸君可参看谢桃坊先生《李调元与学人之诗及性灵诗派》一文。

（崔　淼）

自钱塘至桐庐舟中杂诗

刘嗣绾

一折青山一扇屏，一湾碧水一条琴。
无声诗与有声画，须在桐庐江上寻。

诗作者

　　刘嗣绾（1762—1821），字简之、柬之、醇甫，号芙初、樱宁子，阳湖（今属江苏常州）人。少时游于江浙，后入京师，结社唱和，并拜著名诗人翁方纲为师。嘉庆十三年（1808）进士及第，授翰林院编修。晚年授业于东林书院。诗词清苍峭拔，尤擅骈文。著有《尚䌹堂诗集》等。

清　王时敏《仿黄子久山水图》（局部）

诗赏析

这首诗作于刘嗣绾早年游历江浙之时，在祖父刘寅宾的悉心培养下，诗人已经显露出在诗文创作上的才华。诗写船中所见，因此，前两句的巧妙，不仅在于比喻精巧、想象奇特，更在于诗人写出了景物的动态美。看，随着小舟缓缓前行，连绵的青山就像扇扇屏风徐徐展开，不由让人想起太白名句："两岸青山相对出，孤帆一片日边来。"而那微波粼粼的桐江，又似一张发出天籁的古琴，畅人心神。古人认为桐木是制琴的良材，诗人以琴比桐江，既从听觉写出了江水的清泠，又暗合江水之名，令人击节。

就着视觉、听觉的美感享受，诗人引出了传统美学的一个重要话题——诗画关系。即使不去翻阅那繁多的文献，一般人也常常会通过一个成语将诗与画联系在一起——诗情画意。古人也有着相似的审美感受，最著名的论述当属苏轼评价王维时所说的："味摩诘之诗，诗中有画。观摩诘之画，画中有诗。"有学者借用德国美学术语，将这种媒体间的界限超越称为"出位之思"。这种美学观念，在古人特别是宋人那里是非常流行的。周裕锴先生指出："在宋人眼里，艺术之道既然与自然之道同构，与天地精神相通，又与人之道对应，是人格的真实显现，所以诗文书画自有内在的一致性。"因此，古人就很自然地将绘画这种视觉艺术延伸至以听觉为主的诗歌，称为"无声诗"或"有形诗"，又反过来将诗歌称为"无形画"或"有声画"。如苏轼"少陵翰墨无形画，韩干丹青不语诗"，张舜民"诗是无形画，画是有形诗"，黄庭坚"李侯有句不肯吐，淡墨写作无声诗"，周孚"东坡戏作有声画，叹息何人为赏音"等。那么，此诗的结句，正是诗人面对桐庐山水胜境而发出的由衷感慨。我们并不一定非要把"无声诗""有声画"与开头两句一一对应，那样未免过于机械。诗人想表达的只是，无论是青山叠翠，还是碧水低回，都体现着诗与画的生动气韵和空灵意境。如果一定要加以分别的话，笔者觉得诗人首先揽入怀中的应当是一幅"无声诗"。正如林逋在《孤山寺端上人房写望》中将秋林比作一幅古色斑斓的画轴（"阴沉画轴林间寺"）那样，船行所见，亦是一幅丹青长卷。而诗人此作，自然是一首"有声画"了。

　　可以顺带说一说的是，对于诗、画关系，一些学者也并非认为二者完全一致。如钱锺书先生《中国诗与中国画》一文认为，古代文人大多推崇萧散简淡的"南宗画"，在诗歌领域中，以王维、韦应物为代表创作的"神韵诗"与"南宗画"艺术风格相近。但是，中国传统文艺批评对诗和画有不同的标准：评画时赏识"虚"以及相联系的风格，而评诗时却赏识"实"以及相联系的风格。这是就审美标准来谈诗、画之异。而18世纪的德国文艺理论家莱辛，则从动、静，时间、空间的角度划分诗与画的畛域，朱光潜先生的《诗与画——评莱辛的诗画异质说》一文对此有深入评析，读者诸君不妨参看。

（崔　淼）

怀人诗

吴昌硕

黄山白岳几回看，经过严陵七里滩。
听水听风随处可，香禅居士著蒲团。

┃ 诗作者

吴昌硕（1844—1927），初名俊，又名俊卿，字昌硕，多别号，浙江湖州人。晚清民国时期的通才，诗、书、画、印堪称"四绝"，在多个艺术领域皆有极高造诣。

清 吴昌硕《青柯磐石图》

▌诗赏析

这是一首平起首句入韵的近体七言绝句。诗中所提"香禅居士"是著名文人潘钟瑞的号。潘钟瑞（1823—1890），字麟生，号瘦羊，别署香禅居士。与吴昌硕志同道合，相与往还，有知己相得之乐，而吴昌硕将知己的精神风采托之于桐庐风物来呈现，使桐庐景色带有神仙般的高隐气韵。

一般怀人诗专以写情为主，浓挚的相思之情流淌于字里行间，无论是"江南无所有，聊赠一枝春"的面向对方，直书心迹，还是"独在异乡为异客，每逢佳节倍思亲"的感慨漂泊，寥落自伤，抑或是"但愿人长久，千里共婵娟"的超越旷达，概莫能外。但是这首诗却反其道而行之，借同游风物来勾勒好友的精神气韵，并将浓郁的思念之情全然隐藏在富于禅趣的景物之后，显得不动声色而又含蓄蕴藉。

诗的首两句写同游所见的代表性景物。"黄山"即今天的安徽黄山，"白岳"指齐云山，丹霞地貌，是一座有着浓郁道教文化的仙山，与黄山相对峙，二山并称，素有"黄山白岳甲江南"之说。"看"为一个可平可仄的字，这里入韵，应读为平声。好友曾多次同游江南名山，又经过严陵七里滩。

潘钟瑞性爱丘山，每年春秋两季都会出行遍访名山大川，他无意仕进，淡泊名利，丧妻后亦不再娶，只以考订金石、游山玩水为乐。如果说这首诗的首句尚且侧重回忆与友人曾经所到之处，第二句已经在写景的同时悄悄转移了重心。严陵七里滩是隐士严光垂钓的地方。严光少有才名，与汉光武帝刘秀曾是同学，后刘秀登基，严光则隐姓埋名，隐居山林。刘秀思慕其才，四处寻访，终于在严陵七里滩访得严光，无奈人各有志，严光最终隐居富春山，以耕读了此一生，后世便以严陵七里滩来借指隐居垂钓之处。唐代诗人刘长卿在《京口怀洛阳旧居兼寄广陵二三知己》中说："严陵七里滩，携手同所适。"吴昌硕正是同一机杼，全诗通过勾勒挚友的志趣所在，传达出知己相赏之情。

后两句为全诗的点睛之笔，抒情方式非常高级。"蒲团"是指以蒲草编制而成的圆形、扁平的坐垫，是修行人坐禅和跪拜时所用之物。而以"香禅居士著蒲团"的外在形象，勾勒出了友人志在山林、一心归隐的精神旨趣。"听水听风随处可"则悄无声息地传达出作者怀人的深情。《花间集》中有一位词人名叫牛希济，只以一首《生查子》名世，此词结句云"记得绿罗裙，处处怜芳草"，写一对有情人分别之际，男子回过头来对心爱的女孩子又重复说了一遍："我记得你穿绿色裙子的样子，因为你的裙子颜色和萋萋芳草一样，所以我无论走到哪里，也会爱触目可及的芳草。"这首诗的写情方式正与《生查子》同一机杼。由于欣赏友人的风致，思念与友人之间的情谊，在作者眼中，风水之间，都是友人的昔日足迹和精神气韵，所以虽然友人不在身边，但是只需听风听水，便可在山水之间随处看到友人。与《生查子》相比，这首诗虽笔墨幽淡，充满淡泊之味，但是同样写得一往情深却含而不露，可谓"不着一字，尽得风流"，是怀人诗的上乘之作。

（蔡　雯）

清　袁耀《四景山水之山雨欲来图》（局部）

大徐篆榜诗（节选）

袁　昶

桐江山色天下无，山围明镜如画图。
何年佳吏似仙尉，走币辇金求榜书。

▌诗作者

　　袁昶（1846—1900），字爽秋，号渐西村人，浙江桐庐人。从学于刘熙载、张之洞等著名学者。光绪二年（1876）中进士，授户部主事，充总理各国事务衙门章京。累官徽宁池太广道、江宁布政使、太常寺卿。熟悉西方，长于时务。光绪二十六年（1900）因义和团事件被论罪处死。后平反，谥"忠节"。著有《渐西村人初集》《安般簃集》等。

▍诗赏析

这是一首篇幅较长的七言古体诗，诗前有序，本书节选的是诗的开头四句。全诗主要介绍了由南唐入北宋的著名学者、书法家徐铉（有弟徐锴，故称大徐）为诗人故乡桐庐题写篆书榜额的情况，借碑刻的散落抒发历史变迁之感。我们先结合诗序看看这首诗的创作背景。作者说，自己多年以来一直想为故乡严州（辖今建德、桐庐等县）编撰一部地理志，并打算先完成金石碑刻这一部分。诗人在搜集资料时，从南宋王象之所撰《舆地碑记目》中发现了徐铉碑刻的信息，据此书卷一"严州碑记"条："桐庐县篆额，江南徐铉篆。张伯玉曰：'士大夫仕东南者，至桐庐，则观徐君之篆。'"可见这块碑额在当时是非常著名的。徐铉擅长小篆，宋太宗雍熙三年（986）奉诏与句中正等校订东汉许慎的《说文解字》，雕版流通，世称"大徐本"。关于徐铉为桐庐县题写县名之事，清雍正时嵇曾筠所撰《浙江通志》卷二百七十九有所考证："桐庐县三大字，宋徐铉篆。始，秣陵刁衎与铉共事江南。衎为桐庐宰，往京师求于铉，得之，揭为县额。以其墨迹藏敕书库。皇祐中，县令刘敳恐其坏，乃摹其字刻石。吴郡张伯玉为记其事于石。南渡后，二刻俱在县衙，而墨迹不存矣。"可以说，徐铉的题字是桐庐非常宝贵的一项文化遗产。而岁月变迁，包括徐铉篆榜在内的许多珍贵碑刻都被风雨、江水侵蚀而逐渐漫漶不清。诗人感到非常惋惜，于是继其伯父于咸丰七年（1857）摹拓这些碑刻后，光绪三年（1877），作者回到桐庐，继续这项工作。本诗便作于此时。

这首长诗大致可分为三节。这一节主要赞美了桐庐山川之盛，并设想刁衎请徐铉题字的经过。仙尉一般指西汉末年高士梅福（初任南昌尉，后辞官隐居修道，故称仙尉），这里代指刁衎。走币辇金意为刁衎所携礼金非常丰厚。"此题应在雍熙后，校定篆籀方揭橥"，是说袁昶认为徐铉题字是在其校订《说文解字》的工作完成之后。接着以"山鬼夜泣苍藤枯""悬之山国媚泉雾，虎挐凤攫冰夷趋"来形容徐字的古朴高妙。再以慕名而来者观赏、摹拓的热闹场景衬托徐字的艺术成就。第二节描绘了桐庐石刻经过千百年风霜，苔藓遍布、笔画模糊的现状。第三节则着重记叙了诗人此行考察石刻的过程，表达了"何时重起此手笔，焕然旧物观还初"的愿望，并借石刻今昔盛衰的对比，抒发了"人事错迕令长吁"的沧桑之感。三节之间古今交错，贯穿着作者的浓郁乡情和对祖国优秀传统文化的尊崇。

　　从艺术上说，袁昶是清末"同光体"的重要诗人，与此派中的大诗人沈曾植关系密切。此诗用语奇崛恢诡、劲健苍茫，意境开阔跌宕，历史典故穿插其中而层次井然，显示出以学问为诗、以议论为诗的宋诗格调。但如"偏旁屈强破新附，体势诘诎刌山肤"等语，不免带有晦涩之弊。正如另一位"同光体"著名诗人陈衍论袁诗时所说："爽秋诗根柢鲍、谢，而用事遣词，力求僻涩，则纯乎祧唐抱宋者。"

（崔　森）

古木垂藤高巘映瀑帘
故笔瓯花落研池炊朱杉石有雪
知闹卧长林兩山影何必东藩泛
菊持 见陆恽寿平

清 恽寿平《古木垂萝图》（局部）

题钓台

康有为

富春山水泻青绿，七里滩前石簌簌。
钓竿江畔丝纶垂，钓台天半东西矗。
奇石巉岩路荦确，异卉窒径草芬馥。
高人岂知天子贵，鼾睡足可加帝腹。
怀仁抱义天下悦，片言为政固已足。
大泽羊裘去不还，千年游客庶高躅。
老夫三征亦不起，叹吾故人莽操属。
庶有面目见先生，拜翱墓前且痛哭。
划然大声震大地，西台铁笛裂山竹。

▌诗作者

康有为（1858—1927），原名祖诒，字广厦，号长素、更生等，南海（今属广东佛山）人。光绪二十一年（1895）因清政府签订《马关条约》，联合1300多名举人上万言书，史称"公车上书"，同年中进士。光绪二十四年（1898）上书光绪请求变法图强，被慈禧太后阻挠，谭嗣同等六人被杀，康有为逃亡海外，史称"戊戌变法"。民国建立后，反对共和制，参与张勋复辟清室的活动。晚年四处著书立说，在上海创办"天游书院"，后病逝于青岛。著有《新学伪经考》《孔子改制考》《大同书》《广艺舟双楫》《万木草堂诗集》等。

诗赏析

　　康有为晚年常往来于上海、杭州间。桐庐地方文史资料显示，桐庐富商俞英耀与康有为交好，曾多次邀请其来桐庐游赏。康有为为俞氏设计了带有西洋风格的住所"嘉欣园"，现已成为桐庐一处著名景观。玩味诗意，诗当作于"张勋复辟"（1917）失败之后。全诗可分为两段，第一段从首句至"片言为政固已足"，描绘了桐庐著名历史遗迹严子陵钓台的秀丽风光，回顾了严子陵与东汉光武帝刘秀的交往事迹。细读诗句，我们能够感到，诗人笔下的景致，无不在衬托严子陵的人格特质。如富春山水之清，自然也是严子陵品格之清；而钓台周围山石的嶙峋特出，奇花异草的芬芳馥郁，也同样象征着严子陵的超然世外、不同流俗。这样，就自然引出严子陵与光武帝共卧一榻，把脚放在皇帝肚子上的不凡之举。据《后汉书·逸民列传》，严子陵对代表光武帝前来邀请自己出山的旧友侯霸说："怀仁辅义天下悦，阿谀顺旨要领绝。"之后与光武帝"论道"数日。在康有为看来，作为一名政治人物，如果能有只言片语被当政者采纳，得以施行，便实现了自身的价值。这正如王安石咏贾谊时所说的："一时谋议略施行，谁道君王薄贾生？爵位自高言尽废，古来何啻万公卿。"因此，"怀仁"二句即是咏严光，也是自慨。

　　第二段从"大泽羊裘去不还"至末尾。首先，作者描绘了古今游客在钓台怅望严子陵风仪的场景。据《后汉书》，严子陵身穿羊皮袄垂钓于大泽之中，光武帝的使者去了三次才将其带离，而子陵不过与光武帝交谈数日便飘然归隐。接下来，诗人之笔就由严子陵转向了自身，要理解"老夫"二句的含义，可以先看最后四句。这四句又牵涉另一个历史人物，就是由宋入元的爱国诗人谢翱。他在文天祥被俘牺牲后，于严子陵钓台之西哭奠文天祥，并作《登西台恸哭记》。谢翱去世后，被葬于钓台对岸。诗人哭谢翱，同时也就是在哭文天祥，感佩二人的民族气节和爱国之志。因此，"老夫三征亦不起，叹吾故人莽操属"便应是指康有为出于效忠清室的保皇思想，不愿在新政权中担任官职。在其看来，那些加官进爵的"故人"，无异于篡夺两汉政权的王莽、曹操之流。康有为以不事二姓的"忠臣"自诩，因此认为在祭奠严子陵时，可以问心无愧了。当然，这种"忠心"是否有价值，又是否能和文、谢两位先贤的爱国之志相提并论，相信历史已经给出了答案。

（崔　淼）

康熙癸未春日做子久笔
惟颜翁先生正麓
正
娄东王原祁

清　王原祁《仿黄公望设色山水》

桐江晚泊

臧　槐

小有诗情在，船头坐晚晴。
水因春雨涨，帆借顺风行。
寺近钟声大，天低树影平。
吟余潮又上，摇荡月华明。

┃诗作者

　　臧槐（1867—1930），字晋三，百江麇坞（今属浙江桐庐）人。晚清恩贡，也是民国时期的著名诗人，今存《绿阴山房诗稿》。

▌诗赏析

　　这是一首仄起首句不入韵的五言律诗。这首诗是作者臧槐沿水路夜行停泊至桐江所作，歌咏桐江夜色，写得极有情致。

　　桐江是浙江杭州富春江在桐庐县境的河段，即东汉隐士严光隐居垂钓处，又称子陵滩、严陵七里滩。此诗专以写景为主，歌咏桐江夜色之美，令人心醉，诗人内心的诗情与眼前的美景交相呼应，摇曳生姿，虽没有明显的比兴寄托，却富于一种唯美的情致。

　　诗的首联写作者行船至桐江停泊，内心洋溢着小小的诗情，于是静坐桥头欣赏傍晚晴朗的天色。南朝诗人何逊在《春暮喜晴酬袁户曹苦雨》中言："振衣喜初霁，褰裳对晚晴。"终日雨水连绵，诗人的内心跟随天气放晴。江南的春天细雨缠绵，终日不断，诗题点明"苦雨"，而面对"初霁"的"喜"也就真切可感，跃然纸上。而这首诗写得更加含蓄，充满了闲适的意趣，但诗人的这种意趣及与之相伴的小小诗情很可能也是跟随难得的晚晴天悄然而至，这种推测可以在颔联找到依据。

　　颔联提示我们"水因春雨涨"，江南的春天细雨绵绵使得桐江的水位上升，我们知道江南春雨多是"天街小雨润如酥"，能够致使水位上涨，足见春雨之多，这就从侧面写出春雨之久，连绵不绝，晴天难得，相比于何逊的作品，更加含蓄蕴藉，有不尽之意。从时间线来说，颔联两句为背景，所以这里存在一个时间的倒置：连绵不绝的春雨使桐江水位上涨，我乘船顺风顺水来到七里滩。"借""行"写出船行之快，难得傍晚天色放晴，我内心洋溢着小小的诗情坐在船头观赏难得的晴天景色。而诗人利用时间的倒置在诗中制造出了小小的波澜和起伏，章法上非常精巧，使读者很容易被作者的诗情所带动。

　　律诗的章法通常以起、承、转、合为主，但是作者却颠倒了颔颈联的章法，在首联点题之后，颔联回溯交代背景，起到微微转折的作用，颈联则直承首联而来，这种章法打破了律诗的惯有结构，使全诗颈联的转折意思不再明显，更顺应了首联所言的"诗情"，情调更为优美。实际上，作者到这一联才真正开始写"坐晚晴"之所见所闻——"寺近钟声大，天低树影平"，从视听两方面写出七里滩的野趣和禅味。因为邻近寺庙，所以钟声格外清晰，天幕低垂，似与树影在同一水平线上，这一句化用自孟浩然《宿建德江》"野旷天低树"。联想七里滩曾发生的严光的故事，看着眼前富于人文精神的美景，不禁让人流连忘返。

如果说颈联写静，尾联又复写动："吟余"呼应首联的"诗情"，吟诗过后，江面潮涌，动荡的水面倒映出天上的月亮。那分外明亮的月亮在水中摇曳，似乎照耀了七里滩的野趣和作者此时的诗情。

这首诗诗情充沛，浑然一体，富于优美情致，欣赏它的方式不是分析而是感受，在反复吟咏之间，体会作者的谋篇布局，下字用意，声色之美。

（蔡　雯）

清 王翬《溪山红树图》

邀陈石村游大奇山

戴雪访

村南十里大奇山，地僻林深景物闲。
石壁倚天猿叫绝，风藤挂月鹤飞还。
苔封阴磴蕨无路，云散阳崖衲闭关。
最是晚秋红叶好，一樽可许共开颜。

▎诗作者

戴雪访，生卒年不详，浙江桐庐人。约生活于清乾隆年间。

▌诗赏析

　　此诗为一首平起首句入韵的七言律诗。作者为邀请好友陈石村游览家乡名胜大奇山而作，是一首以地主的口吻歌咏家乡风物的佳作。

　　大奇山，又名寨基山，素有"江南第一名山"的美誉。境内有山峦、怪石、峡谷、溪瀑，以雄、险、奇、秀、旷著称，历史悠久。全诗从大奇山的地理位置起笔，使读者和陈石村一样，跟随作者笔墨的引导来到这处风景名胜：它位于村南十里的郊外，地理位置偏僻边远，林木茂密，由于"地僻林深"，所有的景物也似乎远离了人间的烟火气息，带上了"闲"的特质。正如唐代诗人韩愈所言："嚣哗所不及，何异山中闲。"一个"闲"字是全诗的诗眼，突出大奇山景物远离人世的喧嚣纷争、稻粱计较、世俗考量，是如此静谧安详，怡然自得。这一个"闲"字将山林者之乐与富贵者之乐对立起来，将作者的精神追求依托于大奇山的景物微妙地传达出来。

　　颔联写大奇山之奇崛深秀景色："石壁倚天"写出山势之高耸入云，宛若倚天而生，而猿猴的悲鸣又为大奇山增加了别样的风致。古人认为猿猴声悲，素有"猿啼三声泪沾裳"之说。如果说上半句以险奇著称，那么"风藤挂月"则灵秀深婉：皓月悬空，宛若挂在温柔多情的藤蔓之上，而藤蔓正在被风微微吹动。在这目力似不能及的唯美画面之中，尚有仙鹤往还飞翔，全然不类人间。这一联非常精彩，首先，"石壁"句似白日所见，而"风藤"句则只能是夜间风景，这就以点带面，截取日夜之间最具震撼力的画面来勾勒大奇山。其次，此联以视觉为主，但是"猿叫绝"的声音似劈空而来，给人极为震撼的心灵冲击。最后，这一联是以动写静的佳句。诗人王籍言"蝉噪林愈静，鸟鸣山更幽"，作者深谙此法，"藤"为"风藤"，仙鹤飞还，都用动态描写更加衬托了大奇山的"地僻林深"，写出大奇山的"静"和由此而生的"闲"。

　　颈联进一步衬托主旨，直写大奇山人迹罕至的特色——"苔封阴磴","磴"是石阶之意,阴暗处的石阶已长满青苔,何止游人不能行走,"蘖"通"孽",指妖孽鬼祟,直使妖魔无路可通。南方气候湿润,幽僻处多生青苔,而苔滑不易行走,人多行走处也难以生苔。作者以一个"封"字写出了青苔之无处不在,呼应了"无路"。而"云散阳崖"则写出了日光照耀的山崖,层云散去,光芒万丈,"衲"是僧徒的代称,在这被灵光照耀的地方,僧人都闭关不出。这就用"蘖""衲"两种极端"人群"的不能至,将大奇山写成空灵幽深的无人之境。颔颈两联深谙文学上的衬托之法,写得极为精彩,令人拍案叫绝。

尾联收束,回到人间,作者从寄寓了自己理想的景物转向身边的友人,"最是晚秋红叶好,一樽可许共开颜"。时值深秋,满山红叶,似乎好客留人,诗人邀约友人见证过大奇山的景色后共饮一杯,"开颜"指欢笑,写出友人同游欢会的乐趣。这一联似乎削弱了中间两联的描写,带有了人间烟火气,但这也是这种类似导游的诗作为了扣题不可避免产生的问题。总体而言,这首诗从大奇山之"闲",写到友人同游之"闲"。颔颈两联写家乡大奇山风物,并将诗人的精神追求含蕴其中,吞吐有致,在写景之外别有寄托,富于兴发感动的力量。

(蔡 雯)